你若满怀希望，这世界又能把你怎样

木子 著

U0836973

百花洲文艺出版社
BAIHUAZHOU LITERATURE AND ART PRESS

图书在版编目（CIP）数据

你若满怀希望，这世界又能把你怎样 / 木子著 . -- 南昌：百花洲文艺出版社，2018.10
ISBN 978-7-5500-2476-2

Ⅰ . ①你… Ⅱ . ①木… Ⅲ . ①散文集 – 中国 – 当代
Ⅳ . ① I267

中国版本图书馆 CIP 数据核字（2018）第 208112 号

你若满怀希望，这世界又能把你怎样
木子 著

出 版 人	姚雪雪
责任编辑	郝玮刚
封面设计	MM末末美书
出版发行	百花洲文艺出版社
社　　址	南昌市红谷滩新区世贸路 898 号博能中心 A 座 20 楼
邮　　编	330038
经　　销	全国新华书店
印　　刷	洛阳和众印刷有限公司
开　　本	890mm × 1240mm　1/32
印　　张	8.75
版　　次	2018 年 10 月第 1 版第 1 次印刷
字　　数	124 千字
书　　号	ISBN 978-7-5500-2476-2
定　　价	39.80 元

赣版权登字：05-2018-368

网址　http://www.bhzwy.com

目录 | CONTENTS

初入社会：迷茫

小有成就：彷徨

预见未来：希望

初入社会：迷茫

聊聊职场上的套路与真心

“职场上的套路比比皆是，职场上的真心点到即止。”

1

戴萌萌刚毕业的时候是个傻白甜。收到 offer（录用通知）后，她拉着室友去逛商场，买了人生第一套小西装。那套西装是最经典、也是最没特点的款式，跟她这个人一样乏善可陈，却又挑不出毛病。

一个星期后，她在那套小西装里面搭了一件淘宝爆款白衬衫，对着宿舍的镜子给自己加油鼓劲了一番后踏上了去公司报到的征程。一天的工作下来，戴萌萌觉得整个公司的氛围都让她特别喜欢，她说感觉很轻松，前辈们都对她很友善，中午在食堂打饭的时候，食堂的阿姨还给她多加了个鸡蛋。

戴萌萌说她以前也有过实习的经历，不过做的都是些打杂类的工作，类似于帮着办公室的同事们打印文件，做做不用过脑子的报表，或者为临时有事的前台替岗这种事。虽然这种事有些繁杂，也不需要考验什么工作能力，但她坚信自己能通过这些琐碎的工作积累经验，再不济也能够积累一点同事的好感啊。

不幸的是，她没能在那家公司转正。不过戴萌萌没有气馁，她又向几家公司投了简历。一家和她的专业背景八竿子打不着的公司向她抛出了橄榄枝。她是在图书馆背单词的时候收到通知短信的。她脑海中的两个小人就到底应不应该去那家公司工作展开了辩论。

说不要去的小人表示，第一份工作最好还是契合自己的专业背景，这样有利于职业发展，而且对下一次找工作也更加有利。说要去的小人表示，现在的工作那么难找，不应该把大好的时光浪费掉，不管对方是不是和自己专业相关的公司，只要是工作，就能让你收获一定的工作经验，这比待在这里什么都不干要好。最终，说要去的小人打败了说不要去的小人。

戴萌萌对我继续讲她的第一份工作。新单位同部门有一位前辈叫赖姐，她对戴萌萌非常友善，第一天中午就带戴萌萌去食堂打饭，还给她讲哪个菜是大厨的拿手菜，哪个菜大厨总是做得不好吃。

赖姐对她说："我也是从职场小白走过来的，你在工作上、生活上有什么不懂的事情直接问我就行，我一定知无不言，言无不尽。"

涉世未深的戴萌萌很感动，当即就视赖姐为知心大姐，问了一些自己还不是很清楚的问题。她刚去公司还在适应业务，工作不怎么多，自己工作不忙的时候也会帮帮赖姐的忙，就连买零食吃都会给赖姐多留出一份。

不过戴萌萌渐渐地发现，好像不是那么回事儿。

虽然赖姐表面上对戴萌萌确实关照有加，不但把公司里各个领导的脾气性格和部门与部门之间微妙的关系都讲给了戴萌萌听，还会在戴萌萌接到工作时给她出谋划策，但她也总是仗着自己前辈的身份使唤戴萌萌。

赖姐经常一脸歉意地找戴萌萌帮忙去楼下前台打印文件。

开始的时候，戴萌萌都照着做了，自己毕竟初来乍到，做点小事不算什么，但她发现赖姐越来越得寸进尺，就连办公室的其他人也开始试着使唤她了。

原本没什么交情的同事会对戴萌萌说，麻烦你帮我接杯水吧，但问题是，戴萌萌丝毫没有要去喝水的意思啊，她想不明白那位同事是怎么可以大言不惭地让一个坐在位子上没有起身意愿的人去替她接水。要是职级比她高也就罢了，领导毕竟都爱使唤人，可那个同事只比她早来了几个月而已。

更气人的是，有一次赖姐做一份策划案，想让戴萌萌帮她上网搜索一份同行业的竞品报价单。

戴萌萌跟我说："当时我真想一脚把她踹飞，真当我是她的助理了。"

戴萌萌忍住了冲动，她对赖姐说自己手头有总监安排的工作，还没做完，帮不了赖姐的忙了。

没想到赖姐更绝，直接来了一句："没事，我不着急，等你做完了再帮我找就可以了。"听了这话，戴萌萌内心十分不悦。

她堆起一副人畜无害的表情，对赖姐说："不好意思，赖姐，你说的那个竞品报价单我也没弄过，估计我要弄很久才行，但我不知道总监接下来还有什么指示，要不你去问问他，他要是说没什么工作安排给我的话，我就能帮你整理报价单了。"

听戴萌萌这么说，赖姐的脸色很不好，但又不好说什么，因为她根本不可能跑到总监那里问能不能把自己的工作推给戴萌萌做。说到底，赖姐不过也是和戴萌萌平级的职员罢了。

戴萌萌对我说："自从她给了赖姐一记下马威，办公室里的同事们也都不再使唤她了。"

面对职场上那些不要脸使唤你的人，你只要记住，除了老板级别的领导外，你只对你的直属领导负责，其他部门的经理也好，部门的同事也好，谁想找你干些出力不讨好的工作，让他们滚就行。

曾经她以为，做人要与人为善，做事要不辞劳苦，但她发现这套"吃亏是福"的理论在职场中并不那么适用。

因为当你过分善良，对每个人都来者不拒，那么就没有人会尊重你，大家都会认为你是个好捏的软柿子。而你盲目地做一些对自己的成长毫无帮助的工作，更是在浪费时间，最终只能让你离既定的目标越来越远。

想通了这些道理后，戴萌萌离开了那家公司。

就像帮同事倒水、打印文件一样，你做了这些事只能让自己的心里感觉到安慰，觉得自己是在与同事搞好关系，但实际上却让同事觉得你是个可以使唤的人，领导也只会觉得你这个人拎不清。

你在一家公司从事与自己的职业规划、专业背景毫无联系的职业，简直就是在和那些等着你去的好公司、好岗位说拜拜。你别想着一边做一边找工作了，也别想着不管什么工作只要做了就是在长经验。你在不适合自己的岗位上坚持的时间越久，你就会发现你得到的没有意义的经验越多。更不要提对一个应届毕业生来说，第一份工作有多重要了，它几乎决定了你以后的方向。

“所以迷途知返是第二正确的选择，压根不接自己以后根本不想做的工作才是最明智的。”戴萌萌对我说。

2

吃饭时，我把戴萌萌的经验讲给晓丹听，感叹道：“职场上的套路真是比比皆是啊！”但晓丹却说：“不要说得那么绝对，职场上也是有真心的。”

晓丹的第一份工作是电话销售，是在线上给客户推销产品的那种客服。

客服上岗前必须要经历一番培训。培训本来两个星期就该结束了的，但是由于网络线路的故障，他们迟迟不能上线打电话。该培训的也都培训过了，大家就选择在培训老师安排的自由讨论时间里玩杀人游戏。这样拿着工资又玩了两个星期的杀人游戏后，晓丹终于开始了推销之路，这时她和同组的同事混得都非常熟了。

从来没做过销售的晓丹面对电话另一端性格迥异的客户的诘难总是手足无措，有的时候她还会被脾气不好的客户劈头盖脸地骂一顿。

那次晓丹一大早就遇到了一个疑似更年期的妇女，她冷嘲热讽地把晓丹好一通酸，说话超级难听。由于规定，晓丹既不能还口，又不能先挂断电话，只好按下了静音键默默地等着那个女人先挂电话。

听着耳机里播放的静音音乐，晓丹没忍住掉了眼泪，从小就脸皮薄的晓丹感觉自己可能不太适合做销售，尤其是这种毫无还口余地的电话销售。坐在晓丹旁边的女同事叫迪迪，她俩是玩杀人游戏时相见恨晚的匪同伴，关系最铁。

虽然迪迪只比晓丹大两岁，但她早早就出来工作了，不仅性格比晓丹成熟得多，工作能力和业绩也是全公司数一数二的。迪迪正好要起身去卫生间，看见一脸憋屈的晓丹，问清楚了缘由后便开始开导晓丹，也向晓丹传授了一些她自己做这行多年积累的经验。

迪迪说："你不要把那些客户说的话往心里去，挂断了电话就忘掉，其实性格暴躁的客户倒是最容易冲动消费的意向人群，只要你把他们的毛顺好了，他们就会瞬间变成另一个人，说不定转身就买了产品呢。”

晚上迪迪回到家，还给晓丹发来了一份压缩文件，里面都是她自己攒下来的一些优秀录音和她自己的笔记。在邮件中，迪迪告诉晓丹每天听几条录音，有什么不懂的再问她。

迪迪说：“不出几日，你就会摇身一变成大神了！”

虽然没那么快，但晓丹在迪迪的帮助下，没过太久就做成了好几单，拿到了第一笔绩效提成，有两千块钱。她拿到工资的第一件事就是请迪迪去吃大餐。即使后来离职转行，晓丹也一直与迪迪保持着联系，时不时就会聚一次。

我对晓丹说，我很羡慕她能在职场中交到一个真心朋友，毕竟真正进入社会的人都知道，太多人在工作以后都不再有心力去与别人交心了。

工作后有时你会觉得很孤单，即使明明有三两至交好友，不管到什么时候都站在自己的身后支持着自己的知己，但还是会感慨，后来再遇到性格和三观都很合拍的人，自己却不再是当初那个赤诚的自己了。

我们总是告诉自己，职场上没有必要和同事走得太近，职场上要是有真心朋友也是建立在没有利益之争的基础上的。其实这又何尝不是逃避，是自己给自己画了一条安全的界线，仿佛隐藏在其后便能毫发无损呢。

20 多岁，应该做些什么？

20 多岁应该是什么样子呢？你是在校园认真地读着一本书，还是已经在工作岗位努力拼搏？不论怎样，20 多岁的你都应该是朝气蓬勃，有梦想，有拼劲，心怀梦想并为之奋斗的模样。但人类总是趋向于美化事物，现实生活中你肯定也见过一种人，20 多岁了依旧无所事事，浑浑噩噩地混过一天又一天，他们迷茫地看向未来，幻想有天成功会突然降到自己身上。

小凯是我的一个朋友，还在上大学，他有时候和我发牢骚说大学真没意思。我和他说了很多道理，希望他珍惜大学时光，做点有意义的事，让大学四年过得有价值。可是他始终听不进我的话，依旧按他自己的方式混日子。我和他认识挺久的，他这个人我也很了解。小凯是学电脑的，本来应该努力学习本专业知识的他却沉迷于电子竞技。他舍友不但没有劝导小凯，反而也被小凯带着玩游戏。整个宿舍的人天天开黑打游戏，经常熬夜打到凌晨一两点钟，他们有时候竟会忘记吃饭。因为打游戏的原因，他们白日里犯困，经常在课堂上睡觉，成绩也不好，期末也就挂了科。但小凯毫不在意，他说挂科的又不止他一人，来年补考就可以了。

你是不是觉得这种无心学习的人玩得一定很好，有很广的朋友圈？事实上，小凯和舍友们天天光顾着打游戏，不出去玩，也无心交女友，疏远了很多好朋友。也许他们在游戏上的“朋友”很多，但恕我直言，那些“朋友”算不得朋友。当你陷入麻烦，帮你的是你身边真正关心你的人。

小凯有时候也会兴起，跑去图书馆学习，但每次拿起一本书读不了多久，他就开始玩起了手机。他对我说他也想做一些有意义的事，也不想一直浑浑噩噩地过日子，但每次都坚持不下来。他也经常羡慕别的同学每天都过得很有意思，可是他就是做不来，只想蜗在宿舍打游戏。我觉得，小凯其实是完全可以做到的，但他不愿意改变自己。小凯现在依旧在大学混日子。我不禁想，等他毕业了怎么办，没有过强的本领怎么在如今的社会立足。但我就算再着急都没用，只希望小凯能早一天想明白，早一点做一些真正有用的事。

有些家长可能觉得孩子上了好大学，前途就没有问题了，但关键是他们要懂得在大学好好吸收知识和提升能力，懂得为步入社会做准备。当今的社会，文凭很重要，能力同样重要，你的能力要对得起你的文凭。虽然现在很多公司依旧用人紧缺，但是人才市场上的人却过剩。公司想要有能力的人，而现在大学生虽多，真正有能力的却寥寥无几。如果你身处校园，就应该意识到这点，努力提升自己的能力，这样以后找工作就会容易很多。

那么在大学要明白什么？

首先，你要清楚自己缺失什么能力，在大学利用各种方式着重提升自己欠缺的部分，完善自己，这样你才能掌握在这个社会安身立命的资本。如果你认真对待你的 20 多岁，那么当你毕业后，你会发现，你在大学时期培养的能力会让你在工作中如鱼得水。在大学一定不要懒惰，不要做行动上的矮子。人人都会纸上谈兵，说漂亮的空话，脚踏实地尤显可贵。你想一下，比你优秀的人都在拼命努力，你却还在原地止步，你拿什么和别人竞争？你口中说的“明天做”到底有没有尽头？你理想中的自己什么时候可以成真？抛掉一身的惰性，拿出热血，为自己拼一把。年轻时全心全意做一件事，不要让以后的自己后悔，让自己拥有一个无悔的青春。

其次，你要敢于尝试，要不断充实自己，就一定会接触到你不熟悉或者你不擅长的方面。不要尿，有尝试才有发现，你应该为自己发现了自己不擅长的地方而感到高兴，努力开阔自己的眼界吧。记住习惯的定义：人被环境同化，与环境生长在一起，成为环境的一部分。所谓环境，包括你所熟悉的地方、人、事业。在此状态下，生命之流失去落差，渐趋平缓，终成一潭死水。人在一生中应当有意识地变换环境。能否从能否从零开始，重新开创一种生活，这是测量一个人心灵是否年轻的可靠尺度。那么为了自救，告别你所熟悉的环境吧，到陌生的地方去，和陌生的人来往，涉足陌生的领域。

已经度过了青葱的大学岁月，开始步入工作的你会为自己的未来感到迷茫吗？会不会感到力不从心？生活会不会磨光你身上的棱角？工作中的困难会不会浇灭你全部的热情？

我有一个表姐，大学毕业好几年了，前后找了好多份工作，最长的一份工作也干了不到一年，总觉得工作不适合自己，所以一直换工作。我常想别人一份工作可以兢兢业业做很久，一步一步地升职加薪，为什么她就不行呢？是她真的不适合这份工作，还是她没有认真做下去呢？我信任每一个怀疑自己的人，我怀疑每一个过于自信的人。我不知道表姐是否过于自信，不过也许还有另一个原因，刚开始一个新工作，难免会遇到一些困难：工作的压力，同事相处的矛盾，不公平的待遇，老板的刁难，以及对新环境的未知与惶恐。它让人认为这不是一个好工作。我们把责任推给工作本身，而从不考虑自己的问题，接着寻找一份令自己“满意”的工作。事实上，每份新工作在开始总会有各种各样的困难，只有克服了这些困难，你才能在工作岗位上如鱼得水，越发得心应手。而畏惧困难的人，只能原地止步。

20多岁的你，面临新工作，会怎么做呢？你会兢兢业业工作一生，还是放手拼搏为自己打出一番天地呢？在这个世界上，谁真正严肃地生活着？难道是那些从不反省人生的浅薄的人吗？哪怕他们像钟表一样循规蹈矩，像石像一样不苟言笑，哪怕他们是良民、忠臣、孝子、好父亲，在我看来，若对自己的生命不负责任，就无严肃可言。平庸就是最大的不严肃。你甘愿平庸吗？你甘心一辈子默默无闻吗？你愿意改变自己吗？那么从现在开始，请付出实际行动，想想，如果你一边啃着鸡腿追着剧，一边谈论人生理想，有多么可笑。拿出你的热血与行动，打破现状，改变生活，增加体验。每个人都只有一次生命，总需要做点什么，不要虚度这一生。

不管20多岁的你是在校园求学，还是已经在职场上打拼，你的 20 多岁是中年人所羡慕的青春，是身患绝症的人梦寐以求的明天。20 多岁是人生最朝气蓬勃的时期，不要浪费时间，现在的你或许迷茫，但是不要怕，全力拼搏吧，努力提升自己，脚踏实地地走好前行的路，你才会看到希望。如果你正处于 20 多岁，那么恭喜你，你还有那么多美好的时光可以支配。所以你知道该怎么做了吗？

孩子不“坏”，老师不爱

1

许久不见的好友素素是一名幼儿园老师，在我心中她就像写出皮皮鲁和鲁西西的郑渊洁一样神奇，因为每次和她打电话，我都能被她讲的熊孩子们的故事逗得哈哈大笑。素素职业高中念的就是幼师专业，大学念的还是师范院校的幼师专业，虽然我有点不理解她为什么这么执着，但想到以后我的小孩可以直接丢给她打理，我就“心怀不轨”地对此表示支持。

素素高中时读的学校在我所读学校的隔壁，记得我跑去看她，她在琴房练琴。我问她：“既然你这么喜欢小孩，那你最喜欢什么样的小孩啊？”

素素说：“当然是长得萌萌的、扎着双马尾的小女孩，最好眼睛大大的。”

我说：“我又不是问你想生个什么样的小孩……我说的是性格，你喜欢文静的，还是好动的？”

素素斩钉截铁地告诉我：“文静的！乖乖地坐在椅子上看书的那种。”

可是真正当上了幼儿园老师后，素素的看法却发生了一百八十度的大转弯。她每次和我念叨最多的就是班上那些淘气的熊孩子。她为自己的“朝三暮四”辩解说，她发现淘气的孩子一般都比较聪明。

素素的班上有一个叫子航的小男孩，他是素素最得意的学生。子航很调皮，经常做一些让老师们哭笑不得的事情。

如果上课时教室里发出了奇怪的声响，素素根本不用看就知道是子航干的。他的精力很旺盛，最喜欢在上课的时候把桌子抬高再放下，发出咚咚的声音。除此之外，子航还有不寻常的坐姿——他喜欢把两腿一盘，像个小大人一样坐着。

小孩子们吃饭前会排队洗手。子航似乎对洗手液充满好奇，他总是一下又一下不停地按压着洗手液瓶，让人感觉如果素素不去制止，他有可能把整瓶洗手液都按出来。

这还不算什么，子航还有个特殊爱好，他喜欢在女孩子们小解的时候站在厕所门口往里望。子航这么做的时候特别投入。小女孩小解完，出去跟素素告状，素素过去找他，他才发现自己居然忘了也要小解。

我听了子航的种种事迹，笑得不行。我对素素说：“俗话说‘三岁见老’，这个小男孩以后会成为‘老司机’吧。”

素素说：“这你可说错了，其实他这么大的孩子还没有完善的性别意识，小孩子根据父母的行为能判断出性别差异，但他们没有性别永久的意识，我们班里的小女孩还觉得自己有一天会做爸爸呢。”

素素问过子航为什么要那么做，子航给出的回答是，他很好奇女生们小解是什么样的。

素素说：“他们知道，和自己进同一个卫生间的男生都是站着小解的，但是他们不知道隔壁卫生间里的女生们是什么状态。很少有小男孩真正关心这些事，子航却有着超乎同龄人的求知欲，这至少不是件坏事。如果因为老师的误解，孩子的特质被不分青红皂白地打压，他们可能会留下阴影。”

除了这些，像走路的时候没有缘由地拽女孩的辫子，往其他小朋友的画纸上按下一个脏兮兮的手印这种事，在子航的身上就和家常便饭一样。而让素素刮目相看的，是这么一件事：幼儿园有时会举行防止孩子被拐骗的演习，扮演拐骗小孩的人贩子是其他家长。他们有的装作孩子父母的同事，谎称孩子父母有事不能来而拜托他们接宝贝放学。有的则简单粗暴地用糖果和玩具来吸引孩子们的注意，谎称跟他们走会有更多的糖果吃。

这种把戏现实中屡见不鲜。本以为身为“10 后”的小孩子肯定能识破，但我又一次被果断打脸。素素说班上二十几个孩子，除了子航和一个小女孩，其他孩子都被拐骗了。大家都被“人贩子”拐骗了。

那个没有被拐骗的小女孩是班上最不起眼的，她平时比较内向，不爱说话，倒也不是孤僻，就是那种从小就带有几分艺术家气质的小孩子。她应对家长糖衣炮弹的方式很简单，不管家长说什么，给她什么东西，她就是摇头。家长刚想靠近她，她就扯着嗓子大喊，家长只好作罢。

素素说，她后来问小女孩为什么不肯跟那个家长走。小女孩说：“我不认识他。妈妈说不能跟不认识的人说话，也不能跟不认识的人走。”

这么来看，其实遇到了试图拐骗自己的坏人，孩子不聪明也没关系，只要他们牢记爸爸妈妈的叮嘱，被拐走的概率也能大大降低。

我问：“那子航呢？”

素素说：“子航不但没有被拐骗，还要走了‘人贩子’所有的糖果和玩具，扮演人贩子的家长跟他说车上还有一堆玩具，让他跟自己走，子航说什么都不去，他说他不相信，除非再给他一些糖，等对方给了糖，他撒腿就跑了……”

撒腿就跑了……还要走了人家的糖……我感觉我也喜欢上这个小子航了。

这孩子也太机灵了，能不被骗已经很厉害了，他居然还骗了“人贩子”一把。这么机灵的小孩，难怪素素这么喜欢。

素素说，像他这么大的小男孩天性就活泼好动。子航虽然大祸小祸闯了不少，但他很会拿捏分寸，如果做了他自己也觉得很严重的事情，他会立马发觉，被批评后就不会再犯了，这一点超级讨人喜欢。

正所谓孩子不“坏”，老师不爱。大多数淘气的小孩其实都很聪明，又极富个性，很难不吸引人注意。这种小孩确实不多见，他们本身已经足够聪明，只要老师和家长能好好教育，立好了做人的规矩，再多的淘气也只是为他们将来一片光明的前途多试几次水而已。

2

我的异性朋友小绿曾经就是老师眼里的“坏小孩”，说坏小孩有点夸张，但小绿无疑是我们同届中富有个性的那些人中的一个。

小绿之所以叫小绿，是因为念高中的时候，他非常非常喜欢绿色。

有多喜欢呢？我们学校的校服胸前有红黄两色的条纹装

饰，他硬是用丙烯颜料在黄色的条纹上画了一道绿色的条纹。他的衣服是绿色的，裤子是绿色的，就连耳机也是绿色的。那时候我想，要不要在他过生日的时候买一顶绿色的帽子送给他。

单纯喜欢绿色也没什么，关键他还肆意妄为。

他上课时不听课，自习课时又前后左右地讲话，经常戴着那副绿色的耳机听歌——他的耳机不是低调的入耳式，而是像黑人滑板少年一样的头戴式。小绿不但不低调，还很高调，那时候都有智能手机了，他却坚持用 CD 机听王菲的专辑，到高中毕业的时候，班主任的抽屉里塞满了从小绿那里没收来的 CD 和课外书。

俗话说：“枪打出头鸟。”那时候小绿是班主任眼里妥妥的重点监视对象。高中三年，老师扔到小绿脑袋上的粉笔头数都数不清。基本每天早上的晨检，小绿都会被老师拎出来批评一番。而批评的由头也是花样百出的，比如，在月考卷子上画画啦，趁着自习课下楼遛弯啦，与其他同学打架啦……总之，在大家眼里，小绿就是个不折不扣的不安定分子。

小绿的座位也是班上独一无二的。他被老师安排坐在讲台旁边靠教室门的那一侧。老师相信这样一来他做什么事都在老师的眼皮子底下，自然会有所收敛。

小绿其实只是对学习不太感兴趣，尤其文科的历史、政治、地理，更是让他一头雾水。那些什么“背景”“意义”“目的”之类的题目，永远让他傻傻分不清楚。我常嘲讽他是个四肢发达、头脑简单的胖子，因为比起学习，似乎乒乓球和足球更能勾起他的兴趣。我看过小绿打乒乓球，技术确实很棒，难怪小时候他就拿到了全市少年组比赛第二名。

高中的男生宿舍有一排建在室外的楼梯，那里很静谧，坐在五楼的楼梯上能看到远处的厂房和草地。我和小绿还有其他人有时候会爬到楼梯上打牌聊天，一堆人坐在一起谈谈人生和理想，闲聊一些有的没的。

说起大学想学的专业，我说我想学中文，他说他不知道自己想学什么。最终我没有学中文，而小绿选择了税务专业，我当时大跌眼镜，难道他打算以后考公务员？不过和我预料的不一样，小绿在翘课和打球中，心不在焉地荒废了大学的时光。毕业后，他去了他爸爸工作的建材公司做了几天财会。我以为他会和大多数泯然众人的同学们一样，选择了随波逐流，结果有天在朋友圈看到他转发了一家乒乓球培训班的海报。我“手欠”点开了图片，发现海报上留的电话是他的手机号码。小绿居然开了自己的培训班，白手起家做老板了。

起初只有他一个教练，慢慢地越做越大，他现在已经是我们这拨人中收入最高的了。有一次，他对我抱怨，说自己每天就是赚钱、攒钱，感觉像个老地主一样，都没时间花钱，很是烦恼。听完小绿的抱怨，我毫不留情地把他骂了一顿。对一个动不动就需要吃土的美少女来说，小绿的烦恼简直是幸福的烦恼。

我想起高考结束后我们估了分，回学校开会填志愿那天，班主任对小绿说，班上这么多孩子，他最喜欢的就是小绿，也是因为小绿实在是太能变着花样作死，不好好学习，才不得不对他那么严格。

虽然做老师这行的需要对所有的学生一碗水端平，但老师也是人，对有个性的孩子难免留意得多一些。班上最调皮捣蛋的学生，也可能是最聪明的学生，而最容易被老师忽略了的，往往是班级中最乖、最努力的那个。做人如果平平无奇，也最容易被别人遗忘。

天哪，电话来了！

你知道“社交恐惧征”吗？

身边有很多人跟我大吐苦水，他们似乎患上了社交恐惧征：不爱当众讲话，不爱出席人多的场合，跟人交流更是能打电话就不面谈，能聊微信就不打电话，能发文字就不发语音。有时候跟客户实在无法用文字说明白，客户一个电话打过来，他们往往内心一惊。有时候突然来个陌生电话，看着长长的电话号码，他们心里又翻了跟头：天哪，电话来了！

他们的第一反应就是赶紧把铃声调成静音，反复猜测这个电话可能是谁打的，到底因为什么事情，对方会问什么问题，自己又该怎么回答，如果不接这个电话会有什么后果。他们在心里祈祷打电话的人赶紧挂断电话，不断闪烁的屏幕就像定时炸弹。手机屏幕终于变黑了，此时他们轻松地舒了口气。

虽然手机挂断了，但他们马上又陷入了另一个难题中。电话那头可能是客户，也可能是很久未谋面的朋友，不接电话，没有进行沟通，问题还没有得到解决。有时候是老友来的电话，他们思量了一下觉得不接电话不好，就会找个安静的地方回电话。客户来的电话就尴尬了，赶紧上微信，故作轻松地说自己刚才上厕所去了，没在办公位。然后客户一个电话又过来了。他们感到悲催，只好硬着头皮接了。

这段话是朋友王欣跟我说的，这是她最真实的感受。本来我还感觉挺有意思的，但后来我跟其他朋友聊起这件事，发现大家都有这种感觉。在我看来，王欣平时是个大大咧咧的外向人，她为什么会有这种想法呢？

大家或多或少都不怎么爱接电话，除非电话那边是自己最熟悉的人。因为电话是一种即时对话，需要人的快速反应，最考验人的应变能力和反应能力。采用发文字的方式与人交流，如果面对重要的客户，你就会谨慎地组织语言，每说一句话都思虑周全，觉得语气不太对了，还可以重新编辑，末尾还能加个表达心情的小表情。即便是用语音发信息也比较方便，语音一来一往，至少有时间让你思考说什么，说一半说不下去了，大不了我们还可以撤回。直接打电话或者面谈就不一样了，别人说完一句话，你得迅速理解，马上作出反应。思维敏捷的人还好，考虑问题比较慢和说话不经过大脑的人，当然就不喜欢这种交流方式了。

害怕打电话，这种现象就是社交综合征的典型表现。社交综合征跟性格内向还是外向没有必然的联系，只不过内向的人更容易患上社交综合征。有这种表现的人大多对自己不太自信，或者是把对方看得太过重要了，太在乎别人的感受，生怕说错什么话。

王欣不愿意接电话的原因就是自卑。

王欣各方面的条件其实挺不错了，二十多岁，长相甜美，一米七的身高，还是名牌大学毕业。但是她有一个致命的弱点，就是她是南方人，普通话非常不标准。

办公室的人都喜欢拿王欣开玩笑，有时候故意让王欣去拿牛奶，王欣回来就说“里（你）的流赖（牛奶）到了”，然后办公室的人哄堂大笑。不管性格怎么外向，王欣还是年轻了些，总听别人这么说自己，慢慢也就往心里去了，以致她现在超级不愿意接电话，更不愿意和陌生人交流了。

还有的人因为长相而自卑，因为家庭出身自卑，因为学历自卑，这样的人在和其他人交流的时候，总会觉得自己低人一等，因而掌握不到交流的主动权，久而久之就不愿意和别人交流了。

这类人要解决社交恐惧征还得从自身出发，积极地克服自身的不足。不管你的长相、穿着、学历、出身怎样，这都是外在的东西。你改变不了你的长相，但是你可以穿戴干净，让自己拥有高贵的气质。你的学历低，那你可以多读书，在和别人交流的时候，话题自然就多了。你的家庭出身不好，这个确实不怪你，也不是你能决定的。虽然你做不了富二代，但可以做富一代啊，当你成为成功人士的时候，你就再也不需要担心你的家庭出身了，全家人都会以你为骄傲。你穿衣品位不佳，那你可以去学啊，看时尚杂志，看微信订阅号，花低价照样能够穿出气质来。

你要知道，世界上没有十全十美的人，不要害怕自己有缺点，因为和你面对面交流的人也有缺点。你怕你的普通话不标准引得他嘲笑，可能他根本无暇顾及这些，他或许正在努力遮掩他读书少的事实呢。拿出自信是克服社交恐惧征的第一步。

还有一种人患上社交恐惧征是因为太在乎别人的感受，这种人将自己的姿态放得很低，就只是为了取悦别人。我有个同事，就属于有求必应的那种人。不管他现在手里有多少工作没有做完，只要旁边有人求他，他二话不说就答应下来，即使加班到深夜，也要帮别人把工作完成。

有次，我问他，他为什么会这样，帮助别人不是要在自己力所能及的基础上吗？

他说他不敢主动和别人说话，所以他的朋友很少。别人能让他帮忙是看得起他，哪有不帮忙的道理。一次两次不帮，那个人就会觉得他不好，就不会做他的朋友了，那样他的朋友就更少了。

还有通过这样的方式交朋友的？通过利益换来的朋友是真朋友吗？再者说，就算是普通朋友，也不会因为你有一件事没有帮他做，就认为你不是朋友了。这样的想法真是太奇怪了。

同事的这种做法就是典型的太在乎别人的感受，一举一动都要迎合别人的想法。有次他加班到深夜，第二天领导问他工作有没有什么问题的时候，他说没有，因为他不想让领导觉得他没有能力。有次他因为给另一个同事背黑锅，自己的本职工作没有做好，领导责怪了他。他不仅一句话都没有替自己辩解，甚至他都没把自己受责难的事情告诉那个同事，因为他怕那个同事因此觉得他是个没有办事能力的人。

太看重别人对自己的看法，会让自己活得很累。你不敢跟别人面对面交流，就是怕一旦哪个细节做得不好了，别人会一直记在心里。你觉得你的一举一动都会给别人留下或好或不好的印象，其实是你想得太多了，你在别人心里根本没那么重要。任何人在和另外一个人交流的时候，都会看重别人对自己的看法，说话时都比较小心，注意言谈措辞。和你交流的人也是这样，所以根本没有人花精力注意你说话的好坏，你只要能够完整地表达出你要表达的意思就好了。

要知道，每个人在另一个人的心中都是他人，而你才是你人生舞台的主角。你和别人交流，主要是表达你的思想，或者是和别人沟通对一件事的看法，让别人对你的观点表示认同。你的言谈始终要为你自己服务，你的每一句话都要达到你自己的目的。如果没达到你的目的，那这就是一次失败的对话。不用在意别人怎么想，只要表达清楚自己的诉求就好了，不用一味地迁就别人，遇到问题就要大胆地和别人交流。

内向的人更容易患上社交恐惧征，他们出于性格的原因，就是想宅在家里，不想出席人多的场合，不想和别人交流。他们会觉得到了人多的地方，尤其是和太多的人说话是件很让人紧张的事情，在与人交流的时候会有一种被逼迫感，特别不舒服。反之，只有在自己一个人或者只有家人朋友在身边的时候，他们才会到达心里的安全地带，从而彻底抛弃紧张感，让自己放松下来。这样的性格没有错。有人喜动，就有人喜静，这是人之常情。但是人都是群居动物，在社会上行走，难免和其他人打交道。就算是内向的人，也要掌握和他人正常沟通交往的能力。事实证明，喜欢和别人打交道的人更容易获得好的位置、好的伴侣，争取到更多的社会资源。

我问过几个内向的人的想法：他们不想和别人交流，无非是怕被拒绝，被冷落，在公开场合当着众人说话的时候会紧张。少数人表示他们不知道和别人说些什么，有时候会接不上话。

主动和陌生人说话是有被拒绝的可能，但是要知道的是，这个世界的大多数人都是友善的，只要你举止、言谈得当，很少有人会拒绝和你交流。鼓起勇气和别人交谈，在别人说一些你感兴趣的话题时学会主动接话，你们很快就会成为朋友了。

但是在某些时候，你和别人说话，别人并不搭理你，你感觉受到了冷落，心里自然不太好受。这时候你可以反思一下，你说话的声音是否过小。内向的人有时候说话缺乏自信，从而导致声音小，对方没能听清说话的内容，但碍于初次见面又不好追问，最后只好一笑了之。或者你说话的内容提到了别人不想说的事情，比如涉及年薪、身高、婚姻状态等隐私。你想结识一个人前，至少要通过第三方了解一下这个人的脾气秉性，这也是对对方的尊重。

当众说话紧张，那就要勤加练习了。我有个高中同学性格特别内向，上课回答问题声音都在颤抖，但是现在他是演讲家，还经常参加辩论赛。他的转变是靠自己强烈的意愿和一次次对挑战的突破。天知道他经历过什么，经历过的已经变成了他宝贵的财富。

在和别人交谈的过程中，谁都有接不上话的时候，解决这个问题也有方法。平时准备几个常用的话题，比如，“你的衣服是哪儿买的？”“你的口红是什么色号？”“你平常喜欢什么运动？”等，没有话题了，就拿这个来救场。我用过几次，这招每次都挺好用的。

这么看来，社交恐惧征没有那么可怕。只要你勇敢地面对它，有意识地去克服，你终会积极地融入你想融入的圈子。下次有电话来就勇敢地接吧，给自己一个沟通和表达机会，你会收获丰富多彩的人生。

你可以不漂亮，但不能没气质

有些人觉得长得美就等于有气质，这是一种非常错误的观念。一个人有气质，即便长得并不是特别出众，也能给人一种很美的感觉，即便没有亲自跟这个人沟通交流，也能感受到气质带给他的美。

一般有气质的人无论是站着还是坐着，谈话还是沉默都能让别人觉得十分优雅。他们的衣着从来都不浮夸，总是简洁大方，避免颜色繁杂。除了外表，最重要的当然是眼神。有的女生很漂亮，眼睛生得很美，但也仅仅是美，你不会从里面看到任何内容。相反，你会在一个有气质的人的眼睛里看到很多内容。它们好像会说话，让我们觉得这个人有故事。有的人说汤唯有气质，她在回答记者的提问时，总是眼神坚定地看着记者。这种笃定的眼神非常吸引人。

有一个综艺节目叫作《偶像来了》。节目组邀请了十个明星。她们有着迥然的风格，并且都非常美。那么在这十个人当中，谁是最有气质的呢？毋庸置疑，大家的答案会是林青霞。林青霞穿着红色礼服出场，在场所有人都为她惊叹，仿佛她整个人都在发光。

就拿节目中的一个环节来说，在一次聚餐的时候十个女星可以向彼此提出一个问题。当时张含韵问林青霞："你为什么参加《偶像来了》？"林青霞这样回答："你好奇，我也有好奇心，我自从写作以来，对很多事情都好奇，比较喜欢旅行，也喜欢交朋友，这样素材比较丰富，演别人容易演自己难。"这样的回答让人们觉得林青霞非常有内涵，也很舒服。

和那些只有漂亮脸蛋儿的明星相比，林青霞这种气质美女给人大气、沉稳、有思想、有条理的感觉。她们不再年轻，但是岁月除了在她们脸上留下刻痕之外，也让她们的思想变得深刻，让她们的谈吐更加吸引人。气质就是让一个人显得与众不同的地方。没有气质就不太容易被人记住，尤其是在现代社会中，明星就好像是在流水线上生产出来的一样，如果只有漂亮的脸蛋儿，不久就会被人遗忘。

我们的脸蛋是爸妈给的，如果不去整容，我们很可能一辈子都变不成俊男美女，但气质却是可以后天修炼的，是可以通过我们的努力获得的。

气质，说白了就是一个人综合素质的外在体现。如果一群人从我们面前走过，我们很容易就能从他们中间发现哪些是成功的人，哪些是失败的人。因为他们的区别很明显，他们走路的姿态和速度、眼神、表情，都是截然不同的。成功的人往往行走速度都比较快，眼睛里充满了神采，信心满满，这就是他们的气质。而失败者走起路总是拖拖沓沓，目光暗淡，给人感觉是他们十分缺乏自信。

我们都想成功。成功的气质来自持久和充足的自信。如果一个人相信自己的内心有力量，并且有能力克服眼前的困难，坚信自己能够通过努力变得更加卓越，坚信能够依靠自己的智慧取得最后的成功，那么他就一定能够越来越接近成功。相反，失败者往往没有自信，压根儿就不相信自己能够成功，只能任凭命运摆布，最后成为生活的牺牲品。

气质是一个不能通过模仿而获得的东西，说白了就是没有气质的人很难长时间地装作有气质。我们知道很多艺术家都不太注重修饰自己的外表，甚至有的还很邋遢。很多文艺圈里的年轻人模仿艺术家，试图通过对外表的修饰来显示自己有艺术家一样的气质，但往往弄巧成拙。一个真正的艺术家绝对不会标新立异，也绝对不会刻意模仿某种表面的形式。他们把注意力放在自己的作品上，艺术的气质就自然而然地出现在他们身上。

对于一个普通人来说，才能也许是取得成功的最重要因素，除此之外，自信心也是绝对不能缺少的。自信能把一个人的潜能激发出来，也能够让我们更好地抓住成功的机遇。因为人们总是愿意把事情交给那些信心满满的人去做，他们更让人有安全感和信赖感。就像你被派去和一个公司谈合作，如果对方的业务员眼神犹疑，态度也犹豫不决，对合作根本没有自信，你还能放心地跟他们公司签合同吗？

王越是一个法学专业的学生。他在整个学校都非常出名，并不是因为他的学习成绩有多好，也不是因为他长得有多帅，而是因为他连续三年，每年都要看六七百本书。他所在的学校发布了 2015 年的阅读报告，王越以 653 册图书的年阅读量夺得“读书冠军”，而这已经是他第三次获此殊荣了。

中国古代有一句话叫作“腹有诗书气自华”。读书多了，人自然而然会散发出一种独特的味道，让整个人看上去非常有气质。王越读书并不是为了什么头衔，而仅仅是因为兴趣。他说：“前人先贤多少世代呕心沥血的思想，处处有富矿，遍地古井，那些我们未曾经历的已有记载，我们未曾预想的早有论争，不在巨人的肩膀攀爬，不只是不敬，更是不智。”

刚考进大学的时候，王越就希望像当年钱钟书励志扫遍北大图书馆一样，也要横扫学校的图书馆。不过他很快就发现横扫是不可能的了，因为图书馆内，光一个大书架就放有四五千本书。但只要不停地看书，知识增多，理解能力会越来越强。虽然王越是学法律的，但他阅读的大部分书都和法律没关系，更多的是涉及文学、历史、经济、宗教，甚至工科。他喜欢的有尼采的作品，还有索伦·奥贝·基尔克果的《或此或彼》。

在同样的时间里，大多数同学在享受校园生活，打游戏、逛街、谈恋爱，但王越却在看书，多的时候每天要看七八个小时，少的时候也要看三个小时。几年下来，同学们开始对他心生敬佩，老师也觉得他慢慢变得不一样了。这种不一样是更加自信、更加睿智、更加有气质。他的导师，长江学者特聘教授、著名宪法学家秦前红从大一的时候就开始留意爱看书的他，说他有一种“自由学习的精神、独立思考的特性”，“不但做事从容，而且气质淡定，成才的潜力非常大”。

我们都很想成功，但最终成功的人总是少数。想要成功，我们就要先知道有哪些成功的要素。有人说，能力、机遇、气质就是一个人成功的三大要素。这三大要素中，能力是最为根本的，无论是天生的，还是后天努力得来的，我们拥有的能力，永远是最值得我们依靠的东西。所谓机遇，就是我们所处的环境，这个环境是客观存在而不受我们主观意识转移的。一个人即便再有能力，如果环境不允许，那也很难成功，这就是所谓的“时不我待”。除了能力和机遇，气质也是成功的标配因素之一，这个气质包括人的外貌、性格以及因为不同的能力和环境造就的我们身上与众不同的特质。

古代圣人说：“宁生穷命，不生穷相。”这就是说一个人的长相往往会决定一个人一生的命运。这话说得没错，尤其是在现代社会，哪个公司的领导不想自己的员工是帅哥靓女啊，所以长相好的人自然就会在就业、找对象等方面有着不可忽视的先天优势。我们并不能决定自己的长相，恐怕除了努力学好化妆和整容，也没有什么更好的办法来改变自己的容貌了。

在公司的招聘中，我们也经常会看到“气质佳”这样的要求。这就说明，气质也是 HR（从事人力资源的工作人员）非常看重的一个方面。这个气质其实就是除了长相、性格等本质的东西，人格当中能够把我们自己展现出来的一种能力。气质会影响我们说话的方式、动作表情，以及待人接物的整个过程，气质是我们能够通过学习和修炼慢慢培养的。

那么除了读书这种漫长的方式，还有没有什么有效而稍微快速的方式能够提升我们的气质呢？

要提升气质最基本的就是有好的体态，这是我们和人接触时别人首先注意到的部分。体态包括站立、落座和走路。对有气质的人来说，这三种姿态有一个共同的特点就是一定不能驼背。有些家长为了培养孩子气质特意把孩子送去学芭蕾。芭蕾其实最注重的就是人的体态，课上也会一直强调。无论怎样，要时刻注意自己该怎么走、怎么站、怎么坐。把身体挺直的同时一定要把双肩端平，不能耸肩，然后再稍稍把下巴往里收一收，这样你走路的时候就会自然而然地挺胸了。

有气质的人还有一个共同点，那就是给人的感觉非常稳重大方。有气质的人当然也分为很多种，比如，有的非常活泼，有的就非常含蓄。我们这里说的是广义上的气质，大家都比较容易接受的那种。

我们注意到，上课的时候，有些人可以稳稳当当地坐一节课，基本没有小动作，整个人都显得非常安静，只看他的背影，你就知道他是一个有气质的人。而有些人就相反，他们好像身上长了虱子一样，总是在扭来扭去，和气质完全搭不上边。

再说说走路，只要在大街上站一会儿，你就能看到各种各样的走路姿态。有气质的人除了注意到抬头、挺胸、收腹这些最基本的要求，还掌握了一个很好用的技巧，那就是每走一步，膝盖内侧都轻轻地摩擦。这是为什么呢？因为这样可以保证不出现外八字。

除了体态，我们也要注意自己的穿着。俗话说："三分长相七分打扮。"依靠打扮来提升自己的气质是绝对有效的。有些人觉得打扮一定要花很多钱，其实不然，我们只要注意一些细节就可以了，比如说，夏天的时候，我们把要穿的所有衬衫都熨烫平整，永远不让自己的鞋子太脏。这当然是最基本的部分，只要我们用心，在细节上下功夫，就会慢慢变得有气质。永远要记住，鞋子上有灰的人，即便把二十四史倒背如流也不可能成为林徽因。只要时刻注意自己外表的整洁，提高品位，多读书，自然会有气质。相信我，有气质的女人永远比漂亮的女人更受欢迎。

三观不正的公司，趁早离开

全国人民都听说过江南皮革厂这个不靠谱的公司。据说公司老板黄鹤贪污了两个亿，然后带着自己的小姨子跑路了。大家都把这个故事当作一个笑话来听。这件事还被人写成了歌。暂且不论这件事的真假，真碰到这样的公司，别提多倒霉了。说到不靠谱，生活中不靠谱的公司好像不止江南皮革厂一家，待业青年小刘就遇到过不靠谱的公司。

小刘是一个不折不扣的普通青年，工作的时候是月光族，一旦失业就不得不伸手管家里人要钱。小刘在度过一段艰难的待业时光之后，终于找到了一份工作。他想，太好了，下个月的生活费总算有着落了，但让他没想到的是，自己遇到的老板竟然比江南皮革厂的老板黄鹤更不靠谱。小刘把自己收拾好，来单位报到，老板突然对他说："我们散伙了。"

小刘问他为什么，老板的解释是老婆生孩子找不到人照顾。

这次被耍之后，小刘开始不屈不挠地找下一份工作。如果不找工作，小刘当然是没有第二条路可以走的。虽然一个人不可能那么“幸运”地中奖两次，可小刘真是太倒霉了。小刘在参加新工作三天之后，被老板告知，因为自己和老婆吵架，所以决定解散公司……

如果说小刘的倒霉是距离我们很远的事情，那么小李的悲哀可能就是很多人都体会过的了。小李的工作非常简单，就是在一个很大、很传统的国企做办公室职员。最开始进入公司的时候，小李非常有激情，因为企业本身比较大，小李觉得只要努力就一定会有发展。上学的时候，小李就是那种非常努力、成绩优异得会受老师重视的学生，所以他有信心，在工作中也可以让领导喜欢自己。

可是随着工作时间的慢慢积累，小李的激情却慢慢退却了。第一个让他受不了的就是公司里的人际关系。因为小李是通过招聘会得到现在的工作的，所以在公司中他完全是一个没关系、没经验、没工龄的三无员工，其他大部分同事是通过家里的关系进来的。时间久了，小李发现似乎所有人都不太愿意跟他说话，也不愿意跟他走得太近。最开始小李不知道是为什么，后来慢慢发现，大家都喜欢跟领导介绍来的同事套近乎，这下他突然明白了，原来在这个公司里，工作能力不是最重要的，最重要的是你有没有过硬的关系。

第二个让小李不舒服的事情是大家做事都没什么激情。小李试图通过自己的努力来博得领导的欢心，他觉得只要自己努力为公司作出贡献，领导肯定会注意到自己。于是小李开始加班加点地干活，不求回报，只希望领导能看到自己的努力。一个月后，小李拿着自己对公司一些资料的总结来到了领导办公室。他根据现有的资料做了一份报告，提出了很多意见和建议来改进现有的工作制度。小李原本以为这样至少能够得到领导的肯定，但领导看了看小李放在桌子上的报告，竟然连翻都没有翻一下，就跟小李说：“小李，我知道你已经一个月都在晚上加班了，我正打算找你谈一谈。我知道你很努力，但你这样做有没有想过其他同事会怎么看你。你初来乍到，我提醒你，不要处处都显示自己比别人强。从今往后，你只要做好分配给你的任务就行了，不要总去想乱七八糟的事情。”

半年过去了，小李觉得自己的工作越来越没有意义，每天做着一些重复且没有任何技术含量的工作。同事们每天聊天的话题除了房子、车子就是孩子，这让他觉得自己的生活越来越没有激情了。他原本非常看重自己的工作，认为工作不仅仅是养活自己的工具，而且是生活的一部分。现在的工作却让他觉得沉重，虽然并不算累，但他的心就像被扔进了一个沼泽地，慢慢地向下沉，而他却丝毫没有办法，他越挣扎，就下沉得越快。

最后，虽然家人都反对，小李还是毅然决然地辞职了，递交辞职信的那一刻，他仿佛得到了新生，觉得自己终于能喘一口气了。后来，小李找了一家创业型公司，虽然工作很辛苦，赚钱也并不多，但是他觉得很快乐。和一群有激情、有梦想的人在一起工作，才是他想要的，才是真正的生活。

有人说，结婚不一定要找最好的人，只需要找最适合自己的就可以了，工作也是一样的。什么样的工作才算是好工作呢？有些人会说："当然是活儿少、钱多、离家近的工作呗！"那么真的是这样的吗？

不同的人对好工作的定义也会不一样，所以什么样的工作才是好工作这个问题的答案几乎是找不到的。那么什么样的工作才算是适合自己的呢？这个问题的答案同样也不是固定的，因为每个人对合适的理解也是千差万别的。

即便如此，一份工作总会给我们一些感受。不同的工作，最终传递给我们的信息一定也是不一样的，而这些信息就是我们判断它是否真正适合自己的因素，所以我们在考虑一份工作到底适不适合自己的时候，要注意以下几点。

我们在选择工作的时候是否面对了自己的内心。很多人找的工作都是被家人安排的，或者迫于某种原因，所找的工作根本就不是自己真正喜欢的。我们在选工作的时候并不自由，我们总是在想赚钱多不多，工作稳不稳定，自己的能力够不够，家人有没有面子。我们应该倾听自己的心声。也许我们都应该对自己更好、更坦诚一些，因为工作是我们自己的事情，它占据了我们生活中绝大部分的时间，或者可以说它是我们生活中很重要的一部分。我们都是有自由意志的人，都知道只有这一辈子可以享受，那么为什么还要逼迫自己去做那些并不喜欢做的事情呢？如果周围的人都建议你找一个你自己并不中意的工作，那你就要坦诚地告诉他们，人生是你的，你希望为自己的人生负责。

在找工作的时候还有一点需要考虑，那就是薪水。如果有一个老板告诉你："努力吧，年轻人，工资其实并没那么重要，你更需要的是锻炼自己的机会。"这时候你就可以直接转身离开了。薪水是绝对要考虑的，而且是非常重要的一个部分。

我们都知道锻炼自己的重要性，但同时也不能否认薪水的重要性。大多数人毕竟除了薪水就没有其他得到金钱的途径，而我们的收入又是我们生活的基础，没有生活的基本保障，我们还谈什么发展啊！

每个公司都有自己所谓的"企业文化"，这对员工来说也是极其重要的。或许我们在面试、踏入公司的那一刻，就开始喜欢上公司了，明显感觉到自己就应该属于这里，愿意在这里奋斗。这样的感觉也许来自于公司的装修风格，也许来自于周围同事的举止言谈，总而言之，我们要相信自己的感觉，也许正是这种感觉，能够让你真正爱上这份工作。

有些人找到一份并不满意的工作，想着自己虽然不喜欢这份工作，但可以把它当作一个跳板或者过渡期。这样骑驴找马的想法其实非常糟糕，因为每个公司都有文化，所以你在这样的公司里待下去只有两种结果：一种是你被公司同化，变成你原本不喜欢的那类人；另外一种是你因为和别人格格不入而被排挤出去。

很多人在找工作的时候都试图找那些自己能力范围内的职位，这样会让他们更有安全感，也更容易胜任。如果你真的找了自己轻松愉快就能完成的工作，几个月之后，你就会发现工作变得无聊起来。你有时候会觉得工作具备挑战性是非常必要的，这样才会让你保持激情，每天充满斗志地上班，进而让你的生命充满活力。也只有保持这样的活力，你才能最终提升自己的能力，升职，加薪，走向人生巅峰。

不过，如果我们已经工作了，并且发现自己好像进了一个并不那么靠谱的公司，就会面临辞职的问题。这时候，有些人就开始纠结了。人有了辞职的念头，一定是因为正从事的工作并不让他十分满意。既然不如意，为什么还要纠结呢？因为他们也不知道自己的下一份工作会怎样，他们会担心如果下一个工作还不靠谱怎么办。如果他还在继续干着这份他不喜欢的工作，时间越久，他就越难以做出辞职的决定。

心理学中有一种解释，一些邪教组织在给信徒洗脑让他们信奉自己的时候，会让信徒花费大量的时间和精力在某一件事情上，无论这件事有没有意义，做了这样的事情都能够让信徒盲从于他们。这不是因为事情本身的意义有多大，而是因为人们花费了大量的时间和精力在某一件事情上的时候，就会对它难以放弃，即便这件事会让他们承受某种痛苦，他们也会害怕离开这个熟悉的环境。

正是因为这样的心理，很多人在辞职之前都非常煎熬。这些人在递交辞职信前会跟亲朋好友啰唆无数遍自己的工作状况有多糟糕，希望别人能给他们一些建议，但是给他们的建议都不会起到决定性的作用，因为答案早就已经存在于他们的潜意识中，只是他们在意识层面上还不愿意接受而已。

在现代社会中，就业本身就是一个双向选择的事情。越来越多的人刚开始对工作有所期待，都希望自己能够找到称心如意的职业。据相关调查显示，人们会有辞职的想法，大部分是因为以下几个原因：第一，人们想获得更多的报酬；第二，人们想得到更好的发展机会；第三，人们不喜欢目前的工作环境。

那么究竟什么时候，或者是我们在工作中出现了什么状况，就应该考虑辞职了呢？

第一，你的工作经常会让你生病。心理专家说，如果你的工作让你在每个工作日早晨睁开眼睛的时候闹心，那这份工作肯定已经不再适合你。一个人如果每天大部分时间都沉浸在不开心中，就会出现慢性背痛、头痛或者胃肠方面的疾病，这时候你应该马上考虑换掉工作。

第二，工作对你而言已经没有任何激发创造力的可能性了。心理学表明，压力过大和丝毫压力没有，对人都不是什么好事儿。如果你的工作已经慢慢让你变得无聊和程式化，就说明这份工作已经没有太大的发展空间了。假如你上班的时候经常觉得没什么事情可以做，或者没有任何挑战，那就考虑辞职吧。

第三，工作已经不能让你学到新的东西。工作有时候带给我们的不应该仅仅是固定的薪水和奖金，还应该有不断增长的能力和发展的机会。如果你目前的工作已经不能让你学到任何新的东西，也就是说你不能从中得到任何成长，就是你该为自己未来考虑，换一个新工作的时候了。

第四，你的付出和回报不能成正比。也许你所在的公司运营得很好，前景也不错，但你无论是从金钱上还是精神上都得不到你所需要的，那就要考虑一下，自己是否还要继续在这里打拼了。

生命比尊严更重要

“名节重泰山，利欲轻鸿毛。”——于谦

在这个时代，我们的生活太过匆忙，每天脚步匆匆，从清晨到傍晚，满脸朝气地出门，最后拖着疲惫的身躯归家，从年幼时稚嫩无知、懵懵懂懂对生活充满憧憬，到如今面对社会的种种磨难与考验圆滑处事、委身周旋，时光的流逝与岁月的蹉跎无形地改变了我们每一个人。

也许我们曾经不喜欢那些圆滑处事的人，觉得他们活得太过虚伪可笑，然而我们却无可奈何、无计可施地逐渐变成当初我们厌恶的那类人。当我们真正站在此时的角度去看待自己却发现，最好的圆滑只不过是让自己更好地融入社会，更好地与人相处。这只是一种和善的相处模式，人人保持着对对方的善意而又确保自己不会被他人伤害。

我说的当然是好的方面，然而并不是人人如此，并不是人人都保持着善意的心灵，大部分人认为的圆滑是贬义的，比如说，有人说某个人处事圆滑，那么大多数人的印象就是此人必定是奸佞之辈，办了许多坏事。现实中的确有这类人，不知是社会改变了他们，还是他们改变了社会，至于坏人是天生坏，还是社会使人变坏，从古到今都没有什么确切的结论。中国古代，孟子认为人性向善，主张性善论；而荀子却认为人性有恶，主张性恶论。但无论如何坏人总会做坏事，而有些人认为的“圆滑”虽然不等于人坏，却带着坏人的某些特征，和坏人多多少少有相似点。

圆滑是形容为人处世各方面都做得很周到。还有人将其解释为形容为人处世善于敷衍、讨好，各方面都应付得很周到。虽然这两种解释相差无几，其中的意味却大相径庭，不必言说。在生活洪流的冲刷下，每个人都改变了很多，有的人误入泥沼，越陷越深，最后被他人与自己唾弃；有些人始终保持着初心，生活的冲刷只增加了他们内心的重量，让他们有坚定的内心可负重前行。

在时代洪流的冲击下，有的人为了生存丢掉了某些东西，觉得自己丢下的是包袱；有的人却选择永葆初心，认为自己留下的是财富。生命中的一些品质真的可以丢掉吗？善良可以丢掉吗？诚实可以丢掉吗？宽容可以丢掉吗？最后，你的尊严也可以丢掉吗？

尊严似乎是个沉重的话题，尊严是一个人最基本的品质，它不会随岁月的流逝而慢慢消逝，反而会越加沉重而庄严。年少时，尊严是不服输的倔强勇气；老年时，尊严是稳如泰山的气节。尊严是不分年龄与阶层，不分地域与性别的：穷苦的人拥有尊严，富有的人也有尊严，外国人有外国人的尊严，中国人有中国人的尊严，男士有男士的尊严，女士有女士的尊严。在中国历史中，尊严是一种气节，有时宁可舍弃生命也不舍弃尊严。

我们熟知的屈原几乎是尊严的代名词。屈原是战国时期楚国诗人，出身楚宗室贵族，少年时受到良好的教育，才华横溢，志向远大，但他的仕途却分外坎坷。他心系楚国，却遭人谗言，前后遭遇两次流放。家国危难，兵临城下之时，当权者狼狈逃难，危在旦夕的楚国令屈原完全陷入绝望，宁愿投江自尽也不愿看到楚国灭亡，这是他最后的尊严，也是他最后的反抗。虽然屈原死了，但他的事迹被世人歌颂，他的精神被代代敬仰，他的诗作被世人诵读。“长太息以掩涕兮，哀民生之多艰。余虽好修姱以鞿羁兮，謇朝谇而夕替。既替余以蕙纕兮，又申之以揽茝。亦余心之所善兮，虽九死其犹未悔。”屈原的坚贞气节永远值得学习。

项羽宁死不渡乌江。如今，很多历史学家分析说他若回江东，能够东山再起。明明可以东山再起，但他却选择结束自己的生命。他说他无颜见江东父老，死亡才是他最好的归宿，是他维持的最后一丝尊严。他虽然并没有完成自己的雄心霸业，但一直受到世人敬仰。一个人的尊严往往比生命重要。他们完美诠释了这一点。

中国的近代史是被千万人的鲜血浸染着的历史。中国人讲究一种民族气节，简单说就是一个民族的尊严。中国的近代史是一部屈辱史，一部抗争史，一部血泪史。当中国被入侵时，当家园被入侵时，中国人民起来反抗了，保护祖国尊严的责任让中国人奋起反抗。就算这反抗的代价是无数人的生命，无数人的鲜血，也依旧值得。先辈们用自己的生命维护了祖国的尊严，用自身的行动证明尊严比生命重要。

若是中国人民退缩了，惧怕了，我不知道还有没有现在的中国。因此当我们享受着美好生活时，请不要忘记，今天的幸福是用先辈们的鲜血一层一层浇灌而来的。我们可能不曾在战场杀敌，但我们至少要保留着我们最根本的民族尊严。一个民族没有了尊严如何生存下去？

你可能会说这都是国家、民族的尊严，都是大人物的事，但我们普通人的尊严一样尊贵神圣。

首先，你是一个人，自尊对每个人来说都同等重要，没有自尊，只懂吃喝，人与动物有何区别？席勒说过：“一个没有自尊的人，也很难得到别人的尊重。”要想别人尊重你，首先你要尊重自己，并珍视自己的尊严。

我看过很多身残志坚的人的事迹。最近我在报纸上看到一则报道，寒冬时节，一位老人在某城市地铁站卖小挂饰赚钱救自己患病的孩子。事实上，这位老人完全可以不那么艰辛，不用忍受着冬夜的寒风挣取微薄的钱。他可以上报政府，说明自身的情况，发起社会募捐，这样比售卖小挂饰轻松得多，但一个人的尊严就是这样，他宁愿忍受着刺骨的寒风，拖着劳累的身体，也不愿坐等政府救济，就算再艰苦，也要挺直脊梁。尊严就是这样，可以使身处黑暗的人依旧目光明亮，可以使受委屈受侮辱的人挺起胸膛，可以使绝望迷惘的人重燃信心与希望。

尊严是看不见摸不着的，它始终潜伏在你的心底。当你遭受磨难或忍受痛苦时，它会突然从你心底迸发，给你无畏的勇气和强烈的自信，让你有足够的力量去克服眼前的磨难，去完成你的所念所想。

你可能会有这样的时候，明明有一些坏习惯懒得改正，毫不在意，而当别人无意提及嘲笑时，你却感觉受到了莫大的侮辱，这些平时怎么都改不掉的坏习惯反倒轻而易举地改掉了。或者有时你做了一件错事，被别人说了一次后，下次想犯同样的错误，就突然警醒，想起某个人说过的话，就不会做同样的蠢事了。

心怀感激吧，你要感谢当初嘲笑你、伤害你的人，是他们让你发现了自己的不足之处，正是他们让你有机会改正这些错误，从而成为更好的人，而他们的每次伤害，都会使你的内心坚强。我相信，总有一天，你可以正视所有的嘲笑，变成最好的你。

学会感激伤害你的人，当然不代表让你去伤害别人。虽说这种伤害不见得是坏事，但细心指正不是比冷眼嘲笑更好吗？在对方不受伤害的情况下指正对方的错误，难道不是一举两得的事吗？不仅指正了别人的错误，还获得了对方的好感。卢梭说过：“根本不该为取悦别人而使自己失敬于人。”为了获得别人好感而特意取悦别人的话，不只是对别人的不尊重，更是对自己的不尊重，因此自己心底要有一个度量。做一个温柔的人吧，善待别人等于善待自己。

意识到尊严的重要性后，我们便能更好地认清自身，更好地了解自己，然后做更好的自己。不怕未来，不惧过去，坦荡有气节地活着。一个人没有了尊严，就如同一只不知羞耻的野兽；一个团队没有了尊严，就不可能走上成功的大道；一个国家没有了尊严，就很难摆脱危难走向繁荣昌盛。危难时不要抛弃你的自尊，幸福时更不要抛弃你的自尊，拥有强烈自尊心的人更容易赢得他人的尊敬。

尊严不会突然消失，也不会突然得到。世上没有一个人毫无自尊。无论这个人做过多少错事，多么罪恶，他在内心最深处都一定保留着一份尊严。哪怕只想保留一丝尊严，他就不会无可救药，他就有机会改过，有机会奋起，有机会以一个崭新的面容出现在你面前。永远不要低看尊严的力量，尊严有时候可以改变一个人的命运。

无论穷途末路还是柳暗花明，珍视并保护好自己的尊严，永远不要丢弃它。当你绝望时，你的尊严可以让你重新找回自信，让你再次站起来笑对人生。在你一帆风顺时，尊严又是你前行的力量，指引你前进。尊严总在你不经意间发挥重大的作用。

古往今来，尊严一直无法用金钱衡量，尊严比生命重要。

从来没有绝对的成功

你想成功吗？

毋庸置疑，每个人都想成功。如今，社会上流传着太多成功的秘诀。似乎掌握了这些秘诀，成功就唾手可得，成功就会变得轻易和快捷。很多人相信所谓的成功秘诀，着迷似的听信着一些专家的成功论，并且按照这些大道理处理生活上的琐事，坚信有天成功会突然降临到自己身上。就好像约定好似的，命运的转折点忽然而至，你便突然成功。

我们可以十分轻易地分辨出这种轻而易举的成功是不切实际的。尽管如此，仍有很多人轻信这种荒谬的事。究其原因是，他们过于渴望成功，而现实生活中成功似乎遥不可及，通往成功的路途太过艰辛坎坷，不知要花费多长时间，耗费多少精力才可以到达成功的彼岸。不过也有这种可能，你付出了很多精力与时间，成功也不一定如约而至。另一种原因是，成功有时候看起来需要很大的巧合。有些人忍受不了这漫长的时光，忍受不了过程中的辛酸与苦楚，他们迫切地想要成功，这种迫切的心情必定对自身的理智思考产生一定影响，他们试图寻找成功的捷径，想让成功变得高效，但往往这些捷径并不会起到什么作用。

成功就像个苛刻、严谨的人，容不得半点敷衍。想要成功只能靠日日夜夜、点点滴滴的努力，经验的一点点积累。成功绝不是看了一本书，听了一个讲座，领悟了一个道理，就可以实现的。但这些也并非没有任何用处，你看一本书或者听一个讲座可以收获有用的经验，为你的成功引领一个方向，或者让你拥有通往成功的态度，而通往成功最关键的是踏踏实实付出你辛勤的努力，一点点地为你的目标前进。

当今社会，竞争愈发残酷，人人都拼命地往上爬，人们太渴望成功了，好像成功者就可以毫无烦恼，享受大多数人的羡慕和掌声，而未成功者似乎是不幸的，他们深陷于生活的泥沼，想拼命地向上爬，结果却越陷越深。现代人对成功这个词的绝对化定义，使成功庸俗起来，缺失了内在的含义。

那么到底什么才是成功呢?

从现在社会的角度来看，基本的成功是有车有房，有稳定收入。高级一点的成功是，有名牌汽车，有别墅花园，有较高的收入。这样一来，成功似乎就局限于生活质量的高低上来了。仅仅用这些来阐释成功，就会不可避免地使成功这个词显得庸俗。

当我们全面地看待问题时，便会发现成功不仅仅体现在个人的生存方面，还包含了千千万万个方面。小到个人，大到国家，它可能是微不足道的，也可能是轰轰烈烈的；可能是满足身体需要的，也可能是满足精神的。

一个人的成功有时只是为了生存，他所做的一切只是为了活下去。在动荡不安、危机四伏的年代，最大的成功有时候就是活下来，最大的幸福可能就是吃一顿饱饭，睡一个安稳觉。这种情况虽然在如今的年代不易看见，但在中国的历史长河中，却发生在多个历史阶段。在兵荒马乱的古代，活下来就是最大的成功。马斯洛在《人类激励理论》提出人的需求层次，从低到高依次是生理需求、安全需求、归属与爱的需求、尊重需求和自我实现需求。满足了生存的需要，人就达成了人生最基本的成功。

个人与集体的成功是密不可分的，集体的成功需要个人努力，而个人的成功又要得到集体的帮助。当集体与个人达到和谐状态，个人与集体相互促进，不仅满足了个人成功的需要，而且也满足了集体成功的需要，这种良性的状态又是集体与个人的一种成功。就像一个国家，每个公民实现了自身的成功，这个国家就是成功的，而国家的成功又有利于每个公民自身成功的实现。如此良性循环，达到总体发展的结果。

成功是不分大小的，一场伟大革命的胜利是成功，一场球赛的胜利也是成功。虽然看起来相差悬殊，但它们的基本意义是不变的，都是达成了某个目标，实现了某种目的。

事实上，一个伟大壮举是由一次次小小的成功累积来的，所以不要因为成功的事小而忽略它，也不要因为一件事情遥远得无法触及而畏惧它。

成功不一定都是物质方面的，还有精神层面的，后者有时比前者更为珍贵。有些人物质方面在别人看来无疑是失败的，但在其他方面，他无疑又是成功的。这有很多事例可论证，人们熟知的司马迁，他在生活方面无疑是失败的，不仅身体上忍受着牢狱之灾，心灵上也受到了深深的侮辱，但身心上的这些痛苦，并不能打败他，就算条件再艰苦，身体的疼痛再难耐，他依旧完成了《史记》的创作。出狱后，虽然他的生活依旧凄惨，但没人否认他在精神层面上的成功，后世将永远记得他对中国历史的贡献。

成功体现在方方面面，但一个人不可能在所有方面都是成功的。有些人有很强的事业心，在工作方面如鱼得水，但在感情方面可能还是个毛头小子；有的人有文学天赋但口齿不清；有的人精通数学，但文笔不好；有的人处事稚嫩，但可能专业技术一流。所谓“闻道有先后，术业有专攻”，每个人都有自己擅长的方面，也有自己不足的地方。

身处当今社会，人们压力很大。有时候同一件事，别人完成得很好，可是在你这里总是出问题。你可能会怀疑自己，觉得自己先天不如他人聪明，渐渐趋于自卑，越来越不自信，于是你和别人的差距越来越大，别人做事越发如鱼得水，而你还是和过去一样磕磕绊绊。

一个优秀的人有时候对你是一种鼓励，想起这个人，你心里好像充满了干劲，立志要超越他，要比他做得更好，你拼命地改变自己，让自己变得优秀。这过程着实艰苦，可你每天都过得格外充实。你觉得每天都过得飞快，时间好像都不够用似的。一个优秀的、浑身闪光的人有时候可能会使你更加黯淡，因为你不敢直视他，你看着他这么优秀，然后想想自身，愈发自卑，他身上的亮光似乎刺得你睁不开双眼。你开始畏惧，开始抱怨，开始浮躁，困惑于为什么好事都发生在别人身上，而自己却运气不佳，一直得不到成功的垂怜。

事实上，你没有必要与别人比，你自己就是最美好的存在。与其每天盯着别人还不如多看看自己，挖掘一下自身的闪光点，你完全可以成为一个优秀的人。与其每天观察着自己和他人的不足，还不如每天努力改变自己。今天你没有做好一件事情，那么下次可不可以做好呢？今天你发现了自己的一个缺点，改正它，你是不是又优秀了一点呢？每个人都像一块蒙尘的玉石，每天擦拭一下浮尘，它就夺目一些，坚持不懈地擦拭它，它终究可以散发出自己独特的光芒。每天努力地改变自己，今天改变一点，明天改变一点，你会发现，你一天和一天不同，一天比一天更美好，有一天你突然惊叹于自己的改变，这还是当初的那个我吗？原来不知不觉中，你早已不是当初的那个自己，你成了更好的自己。

这就是成功，这种成功才是踏踏实实的。高尔基说过："凡事皆有终结，因此，耐心是赢得成功的一种手段。"这个过程很累，但很充实，你可以感受到自己一点点地进步，你会发现这种缓慢的成功更有实际意义，今天成功一点，明天成功一点，一个个小小的成功最后一定会带给你一个巨大的惊喜，突然有一天你发现你终于成为别人眼里的成功者，而那时，你可能会发现，心里没有那么多的惊喜，更多的是一种坦然，坦然地面对掌声和羡慕的眼光，因为这是你自己一步一步走出的人生。

无论你现在是什么年龄，从事什么职业，有什么样的理想与抱负，一个良好的开端等于成功的一半。现在你是否想尝试改变自己，让自己逐渐走向成功呢？你是否已经厌倦了整天懒懒散散的生活，口头上的理想是否谈论够了呢？面对日复一日毫无改变的生活，你没有什么想法吗？死水一般的生活麻木了你的思想吗？就像温水煮青蛙一样，杀死一个人的热血与勇气往往不是艰难困苦，不是绝望的境地，而是平淡的生活。它可以磨平一个人的棱角，消耗一个人的激情与热血，打击一个人与命运作斗争的信念与勇气。平淡的生活是一种幸福，但有时候却是一种毒药。

不要沉溺于简单的生活，不要沉迷于浅显的幸福，做一只警觉的青蛙，至少在水没有热到要你命的时候跳出来。改变有时候很简单，也许只需要你的一个决心，你的一点点实际行动，你的一点点变化。这看起来可能很难、很漫长，但当你真正意识到自己现状的时候，一切都会变得容易。当你下定决心的时候，在某种意义上，你已经成功了。

永远不要恐惧现在的境地，也不要畏惧将来的磨难。因为一切都是相对的，今天你觉得成功对你来说是件漫长而艰难的事，但也许在未来的某个时间点，你已经成功并且自豪于自己一路的艰辛。

尴尬二字，一言难尽

最近网络上很流行一个词：尴尬癌。我们在碰上了非常让人尴尬的事情的时候，就喜欢用“我的尴尬癌犯了”这样的方式来表达自己。尴尬癌其实是可以被控制的。例如，早期的尴尬癌就可以通过捂住自己的眼睛，或者转过身去装作没看到这种方式来缓解。如果真的到了尴尬癌晚期，我们就必须要刻意回避那些让自己产生尴尬感觉的事情了。

我们都是生活在社会中的动物，所以尴尬是难以避免的。尴尬的原因可能是我们自己做错了事情，说错了话。除此之外，还有一部分人尴尬是因为受到了别人的表扬而觉得害羞。如果你真的是这样的人，其实也不用太过担心。心理学家发现，在这种情况下，你的小尴尬可能会让人觉得你更加值得信任，或者更加真实。

说起尴尬的事情，我们在生活中经常会遇到，比如说，一个乞丐在地铁上要饭，在众目睽睽之下来到了你的面前。你原本是个好心人，当下又正好发现身边有个小朋友死死地盯着你看。在这种情况下，你开始匆忙地翻钱包，希望给小朋友做一个好榜样，但是让你尴尬的是，你的钱包里都是一百块的整钱。你并没有放弃，开始在全身上下的所有口袋里找零钱，但却一无所获。最后，你只能对乞丐摆出一副抱歉的表情，别过脸去尽量忽略小朋友的目光，然后在心里羞辱自己一千次之后，告诫自己下次出门一定要记得带零钱。

除了这样的小尴尬，还有一种尴尬我们总会遇到，那就是朋友向我们借钱。现代人的借钱观念跟之前相比，已经发生了翻天覆地的变化。记得在很久很久以前，杨白劳向黄世仁借钱，当初的黄世仁是何等形象！被借钱的是大爷，是债主，成天大吃大喝，他们才不会管那些过年还揭不开锅的人，只负责到期收租子！如果到时候对方真的还不上钱，他们就会让穷人自己想办法，比如，用自己的女儿抵债之类。但如今的社会已经变成了另外的样子，劳动人民当家做主，也不再有什么地主了。随之而来，被借钱的人和欠钱的人关系开始改变。很多人都是在借钱的时候客客气气，称兄道弟，还钱的时候就换了另外一副嘴脸，让被借钱的人好尴尬。

这些人中，有的没完没了地唠叨：“真的是太不好意思了，最近我给女朋友买了新手机，你的钱恐怕要晚点还了！”下次你再向他要钱，他肯定还会有其他的理由。有些人特别会装傻：“你说什么？还钱？我把这件事儿忘了，对不起啊，最近我手头有点紧，你再宽限几天呗！”有些人就是臭不要脸：“我们不是好哥们儿吗？这点钱我还能不还你吗？别着急！”有些人直接消失不见，打电话打不通，发微信，就会得到这样的回复：“你还不是他（她）好友，请先发送好友验证请求。”有些人更是明目张胆地不要脸，直接说：“当初，我凭本事借钱，现在为什么要还？”

面对各种各样的奇葩，为了避免要钱时的尴尬，有些人就会说，如果有人借钱就直接拒绝，不跟他们废话。但是我们本来就是礼仪之邦，国情已经把大家培养成了超级讲究人情的人，亲朋好友又难免向你借钱，那么我们怎样面对这份尴尬呢？

我们当然不能直接拒绝，因为那很有可能让你们从此以后变成老死不相往来的陌生人。被借钱的时候也不好让别人写借条，那样就显得太见外了，但是不写借条对我们又没有丝毫保障，这些情况都会让我们尴尬不堪。

我们应该如何化解这种尴尬呢？可以参考以下几个建议。

第一，坚持救急不救穷的借钱原则。我们不能一棍子把所有借钱的人都打死，更不能把所有借钱的人都看成是不要脸，所以还是应该看当时的情况。毕竟跟别人开口借钱是一件难以启齿的事情，如果对方真的有什么着急的事，我们作为朋友还是要尽量伸出援手的。人生在世，谁还没有点着急的情况发生啊，比如说，家人突然有病急需用钱等。

第二，不能借钱给对方时，一定要将合理的理由告诉对方。比如，你可以坦诚地说自己的生活也很窘迫；或者告诉对方，自己最近花销很大，刚好手头没什么钱；也可以说自己把钱借给了其他人。你还可以说自己把钱都投到了股市，或者进行了其他理财投资，或者干脆说家里的钱自己说了不算。如果遇到非常好的朋友或者不得不经常见面的亲戚，最好抱着借了这个钱就不指望他还的心态。你在心里评估一下，借出多少钱是能够承受的，然后借给他，这样就会避免伤害双方的感情。

最后一个方法，就是帮着借钱的亲朋好友一起想办法，这样既能避免自己的钱有去无回，还能避免伤了彼此的感情。

除了借钱这种特殊的情况会让我们尴尬，在生活中，我们其实还会遇到各种各样让人尴尬的场面，其中不排除有些人故意让你出丑。总而言之，我们在生活中总能和尴尬不期而遇，这时候我们就要考虑如何才能让自己尽量避免尴尬。

首先，如果我们在工作场合遇到尴尬的事情，心理学家告诉我们，最好用的化解方法就是自嘲，让尴尬变成一个小小的玩笑，或者干脆用相关的笑话来化解问题。最忌讳遇到尴尬马上生气。不过有些人会一直把尴尬压抑在自己心里，这样倒是能够解决一时的问题，但时间久了，会憋出内伤，可谓得不偿失。

另外一个方法就是转移注意力。比如说，我们在逛街的时候遇到了前任，虽然不想打招呼，但已经看到了对方，打了招呼后难免产生尴尬的情绪，这种情绪也会让自己身边的人明显感觉到。这时候，你可以看看周围有哪些东西可以转移注意力，或者讲一些无关紧要的话。转移话题这种方式，同样也适用于无意间说了别人很在意的事情而引起尴尬的情况。比如，无意间说到了对方的隐私，我们在那一瞬间就能感受到对方的尴尬和不满。这时候你就要学会转移话题，聊聊自己的事情或者是八卦，来缓解尴尬。

再者，我们可以把尴尬拿到桌面上说出来。比如，在聚会上，大家聊天聊得很开心，突然间不知谁说了一句什么，气氛一下子变得非常尴尬，仿佛时间都凝固了一样，每个人都不知道说什么好。这个时候，你完全可以大大方方地说："我觉得好尴尬啊，哈哈哈！"这样的话，大家会释然很多，甚至有些人会对你的勇敢和机智表示赞许。

另外，我们也可以对尴尬视而不见。尤其是在工作当中，避免不了遇到有些人指桑骂槐，不管他是出于嫉妒还是什么原因，反正说话总是带刺，让人不舒服。情商高的人在这个时候往往会直接忽略这样的事，就像没听到一样。即便在有人好心提醒他可能被别人辱骂的时候，他也会轻描淡写地说："他可能是在说别人吧！"你也许觉得这是懦弱的表现，但这却是解决这类尴尬最有效的方式。因为只要你不接招，就证明他的攻击对你是无效的，而且也能让他觉得他自己很无聊。

还有一种方式，就是将错就错。在生活当中，有些人会在无意之间制造尴尬。他并不是有意为之，但是却让你和他同时处在尴尬当中，比如说，因为他的错误让你摔了一跤，这时候周围的人都会停下来看你们。如果你在这时只顾着排除自己的尴尬，而完全不考虑对方，那他一定会陷入更深的尴尬，也会在对方心里留下不舒服的感觉。如果你能巧妙地化解双方的尴尬就不一样了，比如，你可以顺势坐在地上，然后说："我正好觉得很累，谢谢你帮了我一把！"

我们都怕和别人聊天时突然冷场，因为那会特别尴尬，所以就在聊天的时候一直想方设法地找话题。对此，心理学家也有一些建议，让我们在聊天的时候尽量不出现尴尬。在两个人单独聊天的时候，尴尬有时会来得特别突然，你们前一秒钟还在热情洋溢地讨论一件事，后一秒钟就陷入了沉默。这时候气氛就会变得异样，人们也总会没话找话。实际上，人和人的交流是有技巧的，只要掌握了技巧就可以随时快速地打开话题，就不会那么尴尬了。但掌握这个技巧有一个前提，那就是我们脑子里得有一些知识的积累，就是说有东西可聊。

首先，我们得知道为什么聊天会冷场。比如，一个男人在相亲的时候一直都在聊足球，从中国到世界，好像所有的足球明星没有他不认识的，他整个人都眉飞色舞。此时女方非常尴尬，只能假装家里有事，自己先走了，留下一脸蒙相的男方。

我们都能看出来，这个人犯了一个非常严重的错误，那就是把自己的喜好强行加在别人的身上，只顾着自己嘴痛快，却忽略了别人的感受。中国有句俗话叫作“三句话不离本行”，说的就是很多人在聊天的时候，总是会把话题引到自己熟悉的领域。但问题是，如果对方对这个话题压根就不了解、不感冒，听你讲这么一堆是非常难受的。当人们只能当一个听众，不能参与话题且对话题没有任何兴趣的时候，就会感觉非常糟糕。如果想聊天愉快，就要找双方共同关注的话题。

总而言之，我们在聊天的时候，一定要记住，最好不要找一些对方无法参与且和他们毫不相关的话题。会不会聊天，就在于你会不会引导话题，把一个话题说得大家都感兴趣。即使是面对有共同兴趣的人，也不要把整场谈话变成自己表演的舞台，一定要给别人发表意见的机会。

那么在面对陌生人的时候，什么样的话题比较容易让双方都不尴尬呢？

一般而言，聊双方的经历和一些假设性的问题是比较好的，因为每个人都能够参与进来。比如，你都去过哪里旅行？还有什么地方是你想去旅行的？你喜欢什么样的电视节目，或者什么类型的电影？如果你有了一笔钱，你会选择去做什么？

除了说话的内容，说话的态度也特别重要，因为聊天不是辩论，也不是开会，所以气氛应该是轻松愉快的。太过亢奋或者压抑都不合适，太亢奋会让人觉得烦躁，太压抑会让大家的关系越来越疏远。

另外，我们在聊一件事情之前，可以先把自己的情绪表达出来，比如说，我要说的是一个高兴的事情，那么我就会表现得很开心，但如果我要说的是一个悲伤的事情，我可能会表现得不太高兴。千万不要明明说了别人的糗事，却表现出幸灾乐祸的态度。这样会让别人捉摸不透你的态度，从而不知道怎么接话，大家最终陷入尴尬。

除了以上几点，心理学家还告诉了我们一个观点，你在做事情的时候略带尴尬，虽然自我感觉并不是很好，但实际上，这种小尴尬和难为情，会向别人传达出合作的意愿。因为几乎所有人都容易感知到尴尬这种东西，它会让你在生活中更容易与别人达成合作关系。

小有成就：彷徨

加班就是拖延的表现

小茜从小就是一个喜欢做事拖沓的孩子，考试最后一个交卷，放学最后一个走出教室，上课铃声都响了好一会儿，才溜达回教室上课。老师因为这个事经常找小茜的妈妈，但情况始终没有得到解决，并且让老师哭笑不得的是，每次找小茜的妈妈来学校，老师都要在办公室等上半个小时，她妈妈才会到。

后来，老师让小茜试着给自己做计划，在暑假开始之前把要完成的 200 页练习题做好规划，每天写 20 页，这样 10 天就可以把所有作业都完成了，剩下的 40 天就可以想干什么就干什么了。小茜对这个计划非常满意，但实际操作的时候，她又习惯性地给自己找各种理由，一再把事情往后拖。等到快开学的时候，小茜才发现，那些练习册自己根本没写几页。

这时候她才知道着急，但自己怎么可能在这么短的时间内做完呢，所以只好找同学帮忙，借别人的作业抄一下。

如此，小茜度过了自己的学生时代，进入社会之后，她顺理成章地把拖延的毛病带到了工作岗位上，让自己完完全全地变成了一个拖延症患者。每天上班的时候，小茜总是一本正经地对着电脑工作，但思想早就飘到了九霄云外。她看看淘宝，跟同事聊聊天，刷刷朋友圈，很快一天就过去了。

小茜总是在下班之前才开始慌乱地忙工作，因为工作已经积累了一天，又不能把任务留到明天去完成，所以她只能选择加班。有的领导看到小茜总加班，还以为她工作比较努力，殊不知，这是因为她拖延造成的罢了。

不要总拿加班说事儿，觉得加班是因为勤劳，这都是在骗人骗己。实际上，除非有很繁重的工作任务，全公司都要一起加班，大部分时候，加班的直接原因都是工作效率太低。我们分析这些人加班的原因，无非是这么几种：自己做事拖拉，没有目标，不懂时间管理。

先来说说磨叽这件事，很多人都不能够在上班的时候马上进入工作状态。小吴就是这样的人。小吴每天早上都不爱起床，所以上班对他来说也是件痛苦的事情。小吴应该九点上班，但是他从来都不会提前到单位，到办公室之后，就拿出自己在街上买的早餐，吃完早餐差不多已经九点半了，然后和同事聊聊天，看看新闻，等浏览完自己感兴趣的网页，他才开始慢慢进入工作状态。工作不到一个小时，刚刚有点思路，小吴抬头看看表，已经十一点半了，他想，还是先吃中午饭再说吧。

在日常生活中，很多人都像小吴这样，永远都是把大把大把的时间浪费掉。很多人都会解释说：“我其实也就看了十分钟朋友圈。”或者说：“我就上淘宝买个小东西，耽误不了多少时间啊！”就像这些人说的一样，确实每次看朋友圈、逛淘宝都耽误不了多少时间，但是如果我们把这些零零散散的时间加起来，就会发现这些浪费积少成多，最终会打乱整个工作的节奏，让我们在无意之间浪费了很多时间。

这就好像有些人攒不下来钱，他们总是把一百块钱破开去买一块钱的纯净水，觉得自己花得不多，可是一旦一百块钱变成了零钱，就会很快被花光。

接下来说一说没有目标这件事。通常情况下，领导会给每个人都布置任务，但并不会要求马上就完成这些任务，而是给出一定的自由时间让员工自己安排。即便我们只需要一小时就能完成的任务，也要安排好这六十分钟具体要做什么。但是大部分人是不会拆解成小目标的，所以他们总是把任务留给后半个小时，以至于前半个小时特别闲而后半个小时又特别忙，这也是很多人需要加班的直接原因。

有些人特别会找借口给自己开脱，说自己工作的时候根本就没办法全神贯注，因为总会有一些小事情分散自己的注意力。何况大家都在同一个办公室里工作，总要一起商量商量午饭在哪里吃、吃什么；谁家的孩子又出现了什么样的问题；谁的衣服穿得好漂亮，哪里打折了；哪个明星又出轨了。实际上，这只不过是大家没有那么注重工作的结果，因为你只有觉得自己的工作和明星的隐私同样重要的时候，才会在工作的时候来探讨八卦。有个学者曾经这样说：“如果我们生活中都是一些很大、很重要的事情，可能我们根本就没有时间去想那些小事儿。正是因为我们生活里没大事，我们才会在小事上叽叽歪歪。”每个人都想要变得卓越，但如果总是把精力浪费在小事上，最后也不会有什么出息。

除了做事磨叽和没有目标，有些人加班是因为不懂得时间管理。这些人不想做事那么慢，很希望把工作完成得又快又漂亮，他们自己往往也十分努力，但就是总感觉时间不够用。这样的人就是不懂得时间管理。

对于时间管理，有很多人都专门研究过，其中最著名的理论就是管理学家科维提出的“四象限法则”。他把工作按重要和紧急两个维度进行划分，分为四个“象限”：既紧急又重要，重要但不紧急，紧急但不重要，既不紧急也不重要。下面是一些关于时间管理的具体技巧，大家可以参考一下。

第一，把目标具体化。什么是目标具体化呢？简单地说就是把目标量化。我们只有先把目标进行具体的量化才能够有效地制定计划。比如说，一个人要考研，如果只知道建立“我要考研成功”这个抽象目标肯定是行不通的。这时候他就要把这个目标分解成可以量化的小目标，比如，把考研要学习的科目列出来，然后一科一科去攻破，这些科目都要学习到什么程度，这里面有很多小的目标要完成。

第二，科学地关注任务完成过程中的进度。要不时去看一看自己的进度是否按计划进行，也关注一下自己离目标还有多远。很多人在关注进度的时候，都习惯把注意力放在自己已经做完的那部分工作上，而忽略了还没完成的那部分。这也容易产生拖延的心理。我们要学会把注意力放在还没有做的那部分工作上，这样才能提高工作效率，时刻保持自己的激情。

第三，要学会判断什么是重要的和紧急的事情。很多人都有这样的感觉，每天似乎忙得要死，但又好像什么都没完成。如果你也是这样，就证明你对自己的工作没有进行合理的安排和计划。如果我们总是把那些重要但是不紧急的工作留到后面做，最后就变成所有的事情都成了要紧急处理的。一份工作没完成，就开始忙着下一份工作，会导致我们每天都像消防队员一样忙着救火，但最后却什么都没做好。我们想解决这个问题，就要把所有的工作安排好，区分一下什么是紧急的和重要的，然后把重要但不紧急的工作放在最前面来做。

第四，要培养良好的工作习惯。我们会发现，很多人会把时间浪费在同一类型的事情上，反复考虑究竟应该怎么去完成。如果我们能根据自己的实际工作总结出来一些规律，然后按照这个规律去完成重复性的工作，会节省大部分的时间和精力。

第五，永远不要放弃能够进步的空间。很多人在稍微有了一些成绩后变得非常满足，这样就忽略了进步的空间。如果你因为已经可以轻车熟路地驾驭一份工作，就不再那么去注意它，那么你就很难取得进步。我们只有不放弃自己进步的可能性，想方设法让自己变得更优秀，才能提升工作效率。

第六，要把注意力放在那些要做的事情上，而不是不需做的事情上。有些人喜欢把注意力放在不需要做的事情上，这真的是本末倒置。比如说，我们都知道在考试之前暗示自己不要紧张，其实会让自己更加紧张。在上班的时候，却会一直暗示自己不要迟到，而不是要准时上班。虽然只是一个小小的细节，它们的区别在于，前者是不断强化自己不要做什么，却让自己对它更加敏感。

第七，排除那些干扰自己的时间。在工作的时候，一定要为自己安排一些不会被打扰的时间。因为如果我们希望有高效的工作状态，就一定要学会集中注意力，这就要求在某个时间段内，我们不会被“打扰”。你可以试着把手机调成静音，暂时退出微信，保证自己有一个相对安静的时间段。

第八，要学会转换工作内容。这个跟我们学习一样，学语文累了，就学一会儿数学，而不是一味地死盯着语文不放。如果在一个时间段内，我们只做同一个类型的工作，就会感到疲惫不堪。这时候，如果我们换一下头脑，变换一下工作内容，疲劳感就会得到缓解，从而重新找回好的工作状态。

第九，要学会检查自己之前的工作。我们做的大部分工作都是环环相扣的。如果我们之前的工作有问题，那么后面再努力也有可能被全盘推翻。这就像是做推理题，我们一定要定时检查之前的推论是否都正确，这样才能更好地指导之后的推理。

有的员工一直加班，好像这已经变成了一种习惯，但我们不得不承认，加班是一种非常不好的工作方式。

首先，加班会让工作变得混乱无序，效率也会变得非常低。有一种领导非常喜欢让员工加班，觉得这样才是工作足够努力的表现。但这样的领导几乎都是喜欢瞎折腾的人，他们只知道加班这一种负责和敬业的做法。实际上这也说明了他们自己能力的不足。国际上规定，劳动者每天工作八小时。如果在这八小时内还完成不了工作任务，要么说明工作任务太多，要么说明大家的工作效率太低。如果是工作太多而完不成，那最好的方式自然是调整工作量。如果是因为大家的工作效率太低，那加班的效率同样是低的，结果就是让大家保持这种低效率的状态工作。因为加班，大家不能准时上班、下班，也不能准时吃饭、睡觉，从整体上看这就是混乱的状态。那些经常加班的人都会感觉到，加班越多，工作效率越低。

其次，加班需要公司付出更高的成本，同时也会让员工的身心变得疲惫不堪，甚至会影响到他们的家庭生活。我们都能看到加班对员工的副作用：长期加班的人容易生病，也容易过早衰老。最近有很多新闻说有人在办公室里工作的时候突然死亡。与此同时，一个人加班的时间过多，自然就会减少陪伴家人的时间，这非常容易引起家庭矛盾，导致夫妻感情淡漠，不能有足够的时间陪伴孩子，朋友们也渐渐疏远了。

最后，加班的时候人的精力已经被消耗得差不多了，所以工作质量不会很高。尤其是那种在流水线上工作的员工，因为生理的疲劳，经常会在加班的时候制造出不合格，甚至报废产品。

我们不能以加班为荣，而是要努力减少那些不必要的工作，尽量减少加班，对那些要求加班的老板，也要学会勇敢地拒绝。

青黄不接的日子，我们这样度过

人生在世，不如意之事常十之八九。没有一个人可以不遇波澜度过一生，哪怕这个人出身富裕，家庭和睦，人生出彩，他也难免有一段艰难的岁月。这种艰难当然不单单局限于生活方面的艰辛，更包括精神上的痛苦或绝望的心境。这段经历太过于珍贵，他有时甚至吝啬与他人分享，只让它存于自己内心最深处，独自品尝。这段经历是岁月赠予他独有的礼物。有些人的痛苦表现得很明显，他们表达对生活方面的痛苦，诉说生活的不易与艰辛，多数情况下这种诉苦可以博取很多人的关心与帮助。但表达自己的遭遇要有一个度，正常情况下的诉说，可以舒缓自身的痛苦，又可以激起他人对自身的关怀和善意。而一旦过分渲染，把自身的遭遇诉说得颇有悲情主义色彩，反而丢失了一份单纯，惹人讨厌，有种无病呻吟的意味。

每个人都会经历一段艰苦的时光，这挫折有时候是预料之中的，是由一些逐渐积累的量变发生质变的。比如，一件事情完成不了，一个决定的重大失误，一段感情的破裂。事情完成不了大多是自身的原因，是自身不够努力或者能力不够造成的；重大的失误也是由之前多个微小的错误，一点点的判断失误累积发生的；一段感情的破裂，大概是因为彼此不够宽容，失望渐渐积攒，感情逐渐变淡，彼此或其中一人的厌倦导致的。这些可能是你陷入艰难境地的原因，但是这类挫折是可以避免的，可以通过自身的行动阻止事件的发生，或者减小事件发生的影响程度。有些时候让你陷入困境的原因是意料之外的、突发的、不可避免的，比如天灾，或者意外事故，这些灾难是无法避免与预知的，自身再努力也难以避免，只能承受。

痛苦不可避免，但至少我们可以改变面对痛苦的态度。

“痛苦、失望和悲伤不是为了使我们发怒，自暴自弃和堕落沉沦，而是使我们成熟和清醒。想到这痛苦再久也不至于

超过末日。”——黑塞

绝境并不是最可怕的，最可怕的是你自己没有到达绝境，心却已经走到了绝境。痛苦没有你想象的那么难以承受，黑暗也不会黑到让你看不见前方的路。很多人说，你身处黑暗，伸手不见五指的绝对黑暗，只是因为你身后有光。对懦弱的人来说，痛苦是洪水猛兽；对内心坚定的人来说，痛苦是前行的动力，所以痛苦不只有负面意义，它在很大程度上有很重要的正面意义，关键在于痛苦承受者的态度。

勇于直面痛苦的人，痛苦会化身为礼物。痛苦对他们有特殊的意义，意义不在于痛苦本身，而在于经历痛苦、克服痛苦的过程。你历经绝望，仍然不放弃对生活的希望，咬牙坚持，默默承受痛苦，总有一天痛苦都会过去，而当你转身回望，发现自己多了一份沉稳与聪慧。经历痛苦的过程增加了你生命的重量，你也不是曾经的那个自己。你的坚强与容忍，让你多了一些淡然和理智。人的有些特质就是在绝望的境地才会被挖掘发现的。不经历磨难，也许你的某些品质将一直沉睡，你也就不会发现自己可以变得很好。

逃避、畏惧痛苦的人，恐惧痛苦，不思考如何抗争，如何走出困境，而是缩在角落里，等待着被宣判死刑，那么痛苦就成了真正意义上的磨难，而且这磨难使你更加难以忍耐。你逃避着痛苦，却也在一步步接近痛苦，痛苦使你一蹶不振，内心恐惧，而也正是这种恐惧把你永远锁在绝境内。有些人一直在黑暗中行走，走了很久，他放弃了，明明只差一步，他的前方就是光，但他收回了迈开半步的脚，永远停留在了黑暗中。

当你终于想通、理解了痛苦的含义，想要走出这种绝境，你可能会很迷茫，毕竟不是只要懂得大道理就可以顺意生活。要真正走出绝境就需要切实可行的方法，而不是凭借着一腔孤勇，四处乱撞，无所畏惧。懂得一些合适的方法可以让你更顺畅地走出绝境，少走很多弯路。

你陷入艰苦的境地，并不是几天的时间，大多需要一个漫长的过程，那么你就要有足够的耐心和毅力，从满面愁容到会心微笑，从低迷到乐观强大，从一个经不起风吹雨打到默默承受并保持着一种从容。痛苦可以使你变成一个更好的人，前提是你要忍受长时间的痛苦，不要被痛苦的表面愚弄住，恐惧得不敢前行。只要你抱着足够的耐心与精力，不急于求成，而是品味痛苦中的各种滋味，安静感受事物给你的晦涩启示，不断充实发展自己，痛苦就一定会离开。再次遇到相似磨难时，生活再难将你拖进水坑，哪怕境地更加不堪，你也有足够的经验去解决。在磨难中，你对待生活的态度不会消失，无论你做什么事情，这种精神永远不会过时，你依旧拥有走出困境的能力。

解决困难的技巧当然也是不可忽视的。在社会生活中，完成某件事的方法和技巧也至关重要。这里，我们可以运用哲学上的理论来解决具体生活中的问题。矛盾分析法是最常用的，也是最重要的解决问题的方法，矛盾分析法包括一分为二看问题、普遍性与特殊性相结合、具体问题具体分析、坚持两点论和重点论相统一的方法。我们要学会用矛盾的眼光看待问题，事物都具有两面性，多层次、多角度地分析存在的问题可以更加有效、准确地发现某个问题中的关键环节，从而推动整个问题的研究。我们也要用联系和发展的眼光看待事物存在的问题，不要只注重事物的某一方面，而是从长远的角度看，广泛地看，发现某些导致问题的可能或必然的原因，这种方法可以使我们更加全面地认识问题，避免忽略一些至关重要的环节。掌握一些解决实际问题的方法，可以帮助我们在困境中更好地解决问题，走出泥潭。

当你陷于困境时，让你重拾对生活希望的，也许只是亲人几句暖心的话语，朋友的一个拥抱，师长一个安慰的笑容。困苦之中，关怀和爱可以让你更快走出逆境。人就是复杂的动物，有时候全副武装、满身盔甲，生怕他人看到自己的伤痛，恨不得层层包裹，也不愿意流露出一点软弱。对一些自尊心极强的人来说，向别人展现自己的懦弱是一件羞耻的事情。他们羞于诉说，不代表他们不需要，越是坚强无畏的人越需要别人的温暖。这种坚强有时候对他们是一种捆绑，别人可能会认为这样坚强的人不需要安慰，这些坚强的人所向无敌，但事实上，在他们层层盔甲的包裹之下，可能有一颗柔软易碎的内心。

请温柔对待这些看起来毫无畏惧的人吧，尤其是他们身处困境，咬牙装作无事之时，请不要因为他们不柔软的表面而忽略他们，给他们几句亲切的关怀、安慰，或者一个温柔的拥抱。在你看来这是极简单的一件事，在他们心里也许会掀起惊天骇浪，你这微小的举动可能会促使他们更快走出困境。从古至今，爱的力量一直是强大的。

不要把绝境想得无比恐怖，也不要小看了这些磨难。磨难有时候会成就一个人，但有时候也会毁灭一个人。

著名作家史铁生在青年时失去了双腿，在其他人奔跑着寻找人生时，史铁生一天比一天沉默。他的母亲为他操碎了心，她每天细心地照料他，在外面寻找美景带他去观赏，总之，这位母亲从未放弃过她的孩子。这样悉心的照料一晃就是数年，在母亲的照料下，史铁生逐渐燃起了生的希望。虽然双腿残废了，不能行走，但是他拿起了笔，用一支笔默默地与命运抗争，诉说自身的感受和生命的含义。他虽失去了双腿，但用一支笔撑起了一片天空。史铁生在书中处处表达着对母亲的爱，所以他常说，没有母亲，就没有他自己。也许没有这样一位母亲，他从此就一蹶不振了，不会成为我们熟知的史铁生。但幸运的是，他有这样一位母亲，把源源不断的爱给他，希望填补他心灵的伤痛。也是由于不向命运屈服，顽强抗争，史铁生才成了我们熟知的文学大家。这也证明了一个人在逆境中，周围人对他的爱起到了不可忽视的作用，更展示了命运的戏剧性和传奇性，看到了一个人的抗争与不屈。

很多人似乎受社会、家庭的影响，尤其是青年人，抗打击能力偏低，遇到挫折很容易一蹶不振，陷入困境无力自拔。这种情况还日趋严重，不得不让人警醒，所以我们更要增强对困境和痛苦的理解。

逆境是噩耗还是喜讯，取决于你自己；痛苦是负担还是礼物，也取决于你自己。很多时候，逆境和痛苦才是真正的人生，渡过了这个劫难，你才有真正意义上的成长。就好像有些人，年龄大，但心智还是个孩子；而有些孩子，虽然年龄小，但心智却不亚于一个成人。岁月不是童话，年龄的增长不一定代表成熟，经历才是人生，经历越多，人才会越稳重，不要高看一个年长的人，也不要低看一个孩子。总之，无论困境还是逆境，欢喜还是磨难，总要认真对待。人生在世，取舍间，必有得失。

你有辞职卖手抓饼的勇气吗？

小明过着朝九晚五的白领生活，一遇到不顺心的事总是不停地跟我抱怨，他的工作如何不如意，劳动力怎样被过分压榨，付出与薪酬严重不对等。每次聊天的结尾，小明总会感叹，自己的生活还不如街边小贩，人家不仅钱不少赚，还特别自由。

有一次，我实在受不了他的抱怨，很认真地问他：“你有辞职去卖手抓饼的勇气吗？”小明顿时被问得愣住了，他没想到自己会被这样问，更没有想过自己是否真的有勇气脱离现在的环境，在自己毫不熟悉的领域开辟一片新的天地。于是我给他讲了燕子的故事。

燕子和小明一样，曾经是一位满怀理想和抱负的白领。燕子大学毕业后在一家上市广告公司做文案，负责某个知名品牌地产的广告创意，平日里总是不停地写写写、改改改。广告公司当然把客户的需求放在首位，而燕子负责的这家知名地产更是出了名的折磨人，甚至到了虐心的程度。

燕子经常一个人加班到大半夜，一个人在黑漆漆的路上打车回家，然后继续开启“第二战场”，加班到凌晨，再拖着疲惫的身体开始新的一天。有好多个深夜，燕子已经睡着了，电话丁零零响起，只为让燕子起来校对个稿件。被电话惊醒的燕子，在确保稿件准确无误之后，怎样都无法入眠。

燕子时常会想，这到底是不是她所喜欢的生活状态。既然不喜欢，那么跳槽到别家公司，仍然改变不了现状，还要凭运气看自己能否遇到个事少的广告主。这种把希望寄托在别人身上的感觉实在糟糕透了，自己的人生当然要自己掌控。燕子终于下定决心，辞职去创业！

燕子平时就喜欢尝试一些新鲜事物，总能第一个发现附近的美食，她凭借这种敏锐的嗅觉，决定从自己擅长的地方——美食小吃做起。燕子果断跟领导提出辞职，刚开始领导以为她要跳槽，还暗示燕子，会适当地给她加些工资。燕子告诉领导她打算去创业，从路边小吃开始做起。

领导听了这个消息瞪大了眼睛，仿佛燕子做出了什么逆天的决定，他无法理解燕子为什么放着前途大好的白领不做，却偏偏做各方面都没有保障的街边小贩。为这事，领导还特意给员工开了个会，主要目的是稳定军心，告诉其他员工外面的世界有多么复杂，创业有多么艰难。当时领导还放话，就算给燕子 100 万投资，她也未必能挣回来。还没有做就被别人泼了一瓢凉水，这种感觉极其不爽。燕子听了这话，没有做出任何反驳，而是暗暗下定决心一定要做出个样来。

对燕子创业，燕子身边的亲朋好友的想法大致分为两类：一类人觉得燕子简直是疯了，一个瘦弱的女孩去创业，定会承受很大的压力，面对很多的困难；另外一类人为燕子的勇气点赞，他们敬佩燕子的义无反顾和创业的魄力，其实这条路他们也想走，可却迟迟没有迈开脚步。

有辞职的勇气，才有创业的动力。

我曾经看过这样一个数据统计，100 个有创业动机的人中，真正去创业的有 10 个。而燕子恰好就是那可贵的十分之一。不是人人都有燕子创业的勇气，所以也不是人人都能获得燕子日后的成功。

新兴起的小吃多来自南方。燕子辞职后就到杭州、厦门、台北这些繁华的商业城市考察。她发现有一种叫脆皮玉米的小吃特别受欢迎。燕子不禁感叹，原来我们常吃的玉米还可以这样做。经过多方面考察，燕子向商家学习了整个制作过程，将这项技术带到了东北，她随后又在原有技术的基础上稍作改良。燕子首先将受众定位在喜欢追求新鲜事物的年轻人身上，于是将经营地点定在大学城附近。由于刚开始资金有限，她只能定做一个小车，亲自设计上面的宣传语。有心的燕子还在小车上留下自己的电话，方便别人加盟。

燕子刚开业的第一天小车就被里三层外三层地围住了，很多人争相购买。劳累了一天后，燕子兴致勃勃地推着小车回家，细细一算，第一天净赚几千元。燕子感觉这是个巨大的商机，更加坚定了创业的信心。

就这样连续过了几个月，燕子的生意越来越好，很多人打电话咨询加盟的事，燕子在传授技术的同时，也给各个加盟商供应原料。不到一年，光加盟费就赚了十几万元，再加上卖脆皮玉米的营业额，燕子成了圈子里的小富婆。

可是问题也随之来了，由于加盟商众多，做出的品质良莠不齐，还有一些加盟商开始打价格战。另外，小吃的兴起和衰退的周期非常之短，燕子的脆皮玉米生意不再像以前那样红火。

手里有了一定的创业资金后，燕子拿了一部分钱去学习新技术。这次，燕子充分吸取了上次的经验教训，要想将生意做大，就必须研发新的东西，并且保留住新技术。

其实把创业这个想法付诸实践是简单的，难的是如何做大做强，创业容易、守业难。细细总结、观察，你会发现，无论是卖猪肉的名牌大学毕业生，还是辞职卖肉夹馍的职场精英，这些被众议的对象，都不是简单重复别人走过的老路，而是在不断创新的基础上，充分运用互联网思维发展自己的事业。

后来，燕子学习了制作奶茶的技术，这次，燕子并没有急于营业，而是将原本十分廉价的添加剂原料换成了品质上乘的纯牛奶和真正的水果果肉。在此基础上，燕子还租了个店面，起了个别致的名字，对外宣传的亮点就是“真正健康、无添加的奶茶”。

很多年轻人喜欢喝奶茶，但是看到新闻曝光很多奶茶中并没有真正的奶，而是由一堆添加剂勾兑而成，不免对奶茶望而生畏。这款没有任何添加的奶茶真正迎合了市场。人们宁可多花几块钱，喝点健康的饮品。就这样，燕子的奶茶店再一次火爆起来。

与上次不同的是，这次燕子并没有急于转让技术，而是一有空就研发新品种，每隔一段时间，顾客就能品尝到一种新的、极具特点的美味奶茶。燕子注册了自己的品牌，充分发挥了自己创意文案的优势，在众多有影响力的平台做了非常有创意的宣传。那些广告让人过目不忘，并且为人们津津乐道。

燕子随后又建立了品牌网站，一步步将品牌树立起来。现在，燕子已经开了好几家分店，燕子手底下的员工也日益增多，她下一步的打算是进军北京、上海等一线城市。

谁说创业就不能发挥自己的专业优势？燕子不仅将自身的兴趣和曾经学到的知识一并运用到自己的事业中，并且乐在其中，这才是人生的最佳境界。

人生不会亏待你的每一份付出，你获得的每一项技能都会有用武之处。

当初，马云作为一位人民教师，毅然放弃了稳定的工作，开始了创业征程。那时，很多人也觉得马云疯了，但是最后的结果是马云凭借互联网让全世界为他疯狂。马云在《哪里有抱怨哪里就有机会》一书中写到，曾经的教师职业给他带来了很大帮助，这种好为人师的性格成就了他的事业，同时也让他学会该怎样做一位统帅全局的领导。

很多刚毕业的大学生在创业方面具有明显的优势，他们拥有完善的知识体系和发散的思维，具有初生牛犊不怕虎的冲劲，同时有一颗善于接受新鲜事物的心，但是绝大多数有创业想法的大学生，最后却草草选择了所谓的稳定工作，选择了自己并不喜爱并且也不擅长的职业。他们这么做很大一部分原因在于他们害怕那些社会点评：白白读了那么多年书，结果竟然去卖小吃。总感觉是大材小用，就像是用高射炮打蚊子。这与中国传统的风气和思想观念分不开。

职业其实是不分贵贱的，只要能够实现自身的价值，靠自己的努力一步步接近梦想，无论是街头的小贩，还是办公室里的白领，都一样值得人们尊敬！

创业之途并非一路平坦，失败常常与成功形影相伴，但我认为，仅仅因为有失败的可能，就将我们的创造力禁锢起来，等待曾经光辉的梦想落满灰尘，那将是一种更大的浪费。

你是选择为了所谓的稳定，让人生丧失更多可能性，还是趁年轻折腾出一番事业，闯出一片自己的天地？选择权在你的手里。

如果你没有辞职创业的勇气，就请收起你的抱怨，从此刻起，练就改变现状的能力。因为你的抱怨不会解决任何问题，只会拉开你与积极上进的人的距离。

最后，请善待你身边那些为了梦想正在创业的人，因为谁也说不准，他会不会成为第二个马云。

我的好友从来不给我打电话

如今，社会生活节奏越来越快，人人像陀螺一般极速运转。从清晨到深夜，从意气风发迈着急匆匆的步子出门，到满眼倦怠拖着疲惫的脚步归家，电脑键盘敲打的声音，工作时同事的私语声，清晨的薄雾，深夜的霓虹，人潮涌动，车水马龙，你生活的世界像一条奔腾的暗河，每个人都是组成这条洪流的微小细纹，你妄图挣扎，逆流反转，依旧改变不了整条河流的方向。

社会进步带动了网络的急剧发展。网络社交像一张密密的网渗透于生活各个方面。现代人越来越沉溺于社交网络，有些人可以抱着手机一动不动地度过整个下午而不会觉得枯燥无趣。你每隔几秒刷一遍朋友圈，几分钟刷一次微博动态，每天准时追小说和电视剧，时间仿佛被安排得很满。社交网络的普及使人与人的沟通快捷化，有些人无时无刻不与朋友聊天，聊天的频繁程度似乎是和朋友关系的亲密程度成正比的，但这种情况下，聊天的内容无非是天气、娱乐、工作、生活。谈论这类事情是永远谈论不完的，无论说多久，带给你的只是一时的满足与慰藉，难以触动你内心最深处。并不是说文字没有用，而是关键在于你谈论的话题的深浅程度。谈论天气与谈论人生，这两者的差距不必言说。你可以期望一个人整天与你讨论生活上的杂事，但不能期待他无时无刻不与你讨论人生。重大的话题是不适合用来闲谈的，不够正式，不够庄重。懂得大道理的人往往并不健谈，很能交谈的人往往说不出大道理。

如今，明明人与人的沟通越来越便利，心的距离却越来越远；人与人的交往越来越频繁，心却越来越淡漠。有些场景越来越常见，朋友聚会时，每个人抱着手机，手指不停飞舞，似乎有重大的事情需要处理，却不愿抬头与朋友进行一些亲密的谈话。路上行人脚步匆匆，头深埋着，手机上的屏幕闪着光，大家的眼神淡漠疏离。人类从猿进化为人，头不断抬起，越发文明智慧，而在这个高度文明的社会，现代人的头却又一步步地低下来，这不禁让人深思，科技文明的发展在某种程度上会不会是一场灾难。我们依赖于手机、电脑、iPad的时候，西方某些国家已经意识到网络科技发展带来的一些隐患，他们已经开始刻意改变现状。西方有些家庭，孩子不被允许接触手机、电脑之类的科技产品，父母不愿孩子将童年绑在一些无意义的东西上，手机、电脑可能会磨灭一个孩子原始的灵性与纯真。而很多中国父母，把过分宠溺当作爱，不愿自己的孩子受委屈，对孩子百依百顺，很多父母就这样亲手扼杀了自己孩子的某些天分和潜能。

现代人沉迷网络社交，某种程度上是缺少关爱的表现，在现实生活中得不到想要的关怀，渴望在网络社交中得到宽容和慰藉，希望博得网友的同情与关注，而一旦得到了慰藉，人就更加沉迷网络，也更加厌恶现实生活。现代人心理承受能力较之前的人明显更差，一旦在现实生活中受挫，就很容易产生逃避社会的念头，而网络看起来是个不错的选择。网络中你有自己的世界，好像在这个世界，你不受任何伤害，可以任性做自己。

网络的发展和科技的进步，决定了社交方式的重大改变，我们与朋友的交流方式也改变了很多，在社交软件上说一句话就可以传递给朋友。有些人喜欢频繁地与朋友聊天，似乎成了消遣时光的一种方式。早晨问早安，中午聊吃饭，晚上道晚安，一天中乱七八糟的小事能聊上一天，你和他聊天感到开心，但这种快乐是一时的，他给你的也是一时的帮助，或者仅仅是口头上的安慰，但你竟觉得满足，认定了他是一个很好的、可以信任的朋友。而你遇到困难、陷于绝境时，往往伸出援手，把你拉出困境的人，却是生活中相处不错、交流却不频繁的朋友。那些天天对你嘘寒问暖、与你畅谈心事的朋友，在关键时刻给你的也许只是口头上的安慰。实际上，这些你觉得很“熟”的朋友，心离你很远。

我一直很羡慕古人的交友方式和生活状态。古人讲究君子之交淡如水，那时候一切都很慢，人与人交往都有着一层界限，朋友之间保持着友好淡然的氛围，对方不会去触碰你的界限。那时候看起来人人很疏远，但大家的心离得却很近。那时候信息传递的速度也很慢，一封书信要奔波数月才能到达友人手中。在兵荒马乱的年代，书信的传递更是艰辛，不少信在途中丢失，书信传到朋友手中愈发珍贵，而随书信传递的情谊也愈发深厚，所以当时很多人有保留书信的习惯。因为每一封书信都无比珍贵，一张薄薄的纸承载的是友人的牵挂与思念，就算当时人与人相隔千里，有多少年没有相见，再次相遇也不会有疏远和生分，只有满腹的思念和重逢时的欣喜。在那个聚少离多的年代，每一次朋友相聚都值得彼此珍惜，所以很多古人在与朋友相聚、游玩或离别时，总喜欢作几首诗，来抒发心中漫溢的情感，无论是悲伤的，还是欣喜的，这些感受都十分深刻和厚重。

“君子之交淡若水，小人之交甘若醴；君子淡以亲，小人甘以绝。”这句话的意思是，君子之间的交往淡得像水一样，小人之间的交往甜得像甜酒一样，君子淡泊却让人亲近，小人甘甜却决然无情。君子之交淡如水中的“淡”，不是不亲近，而是一种交往方式，恬淡自然，不强求，顺其自然，这种温润的关系就像水一样；小人之交却不免说一些恭维的话，虽然好听，但是虚伪。君子间的往来在平淡的氛围中亲近；小人虽然说话好听，看似很亲切，实则做事决然狠辣。

据史料记载，在唐朝时，薛仁贵平辽有功，被封为平辽王，很多人送来贺礼，却被他一一拒绝。最后，薛仁贵只收下一个平民的两坛清水，并且当众饮下，说："早年我家境贫寒，全凭王茂生接济，如今，王兄贫寒，送清水也是一番情谊，君子之交淡如水。"也是，君子之交淡如水，在别人家境贫寒时，给予帮助；在他飞黄腾达时，不寻求回报，不假意奉承，只是默默地送上自己的祝福。危难时一定雪中送炭，他人辉煌时却不去打扰，君子之交应该是这样，坦然纯粹，没有那么多言语，但其中的情谊彼此都知晓，这种交往的方式着实值得我们学习。

不要让生活把你变浮躁，古人淡然如水的生活方式依然可以适应如今快速的生活节奏，你不必每天与朋友闲谈，真正的友谊不需要这些表面的亲密来维持，理想的友谊应该是不需要刻意维持的，那些费尽心力去维持的友谊反而坚持不了太久。有一个平常互不打扰的朋友，不会每天和你谈论八卦和小说，你们很少发消息聊天或者打电话，但偶尔会约出来吃个饭，看个电影，说一下彼此的变化和有趣的事，离开的时候互相微笑。和他见面可以使你心情愉悦，你自豪自己有这样一个朋友，他可能平时没有什么声息，一旦你陷于困境，他总会马不停蹄地来帮助你，甚至不问你怎么落到这个地步，什么都不说，把你默默拉出险境，不用任何语言，你们相视一笑，便什么都明白了。

我有一个多年的老友，自小相识，但我们却不像大多数人一样黏在一起，甚至很长一段时间，我们没有任何的交流。你也许会问，你们的关系不会越来越疏远吗？实际上不会，我和她的交往一直是一种平淡的感觉。我们都很了解对方，也许很难再找到一个人像我们这么了解彼此，即使和她偶尔见面也不会说很多话，默默地吃一顿饭也可以感受到彼此的心意，有些事情不用开口我已明了，她也如此。有困难时，只需一句话，她就来帮我，甚至不问理由。我心痛难抑时，她会耐心听我诉说，给我安慰。也许你会觉得我们这样的相处方式十分老套，但我们十分喜欢这种相处方式。朋友间的交往不要只停留在表面，要往精神层面发展，互相发现对方好的方面，不断充实自身，成为彼此的精神食粮。

好的友谊就是这样，能让彼此成为更好的自己，在不断成长中互相完善，分享自身的人生感悟，不仅从生活上，而且在精神方面提升自己。这样的友谊可以促使你们互相进步，就是所谓的精神伴侣，一个人一生能有这样一个朋友就是幸运的。

如果你还沉浸于虚拟的网络空间，不如多出来走走，在草丛树林处多停留一会儿，你需要平复一下躁动的心情，或者看一本有质量的书。总之，让自己浮躁的心暂时安定下来，然后静下来想一想，是不是已经厌倦了这种不真实的交往方式，是不是想要一个真正的朋友。那么这时不妨看看你周围的人，是不是会发现被你忽视的感情，会不会发现一些人的默默付出。找一些真正意义上的朋友吧，若是你没有在周围看到你想要的东西，不要灰心绝望，请保持这种状态，总有一天，你会遇到一个懂你的人。在此之前，努力爱自己和他人，内心明媚向上，用最好的状态迎接生活。你的等待不会太久，等待的时光也不会枯燥。

情商高是种什么体验?

你身边有没有这样一种人，他们无论是说话还是做事，都会让你有一种如沐春风的舒服。与他们在一起，你不会有被压迫感，更没有被威胁感。他们一般不会与你争高低，你却在细细回味的时候，蓦然发现，他们才是真正的高人，他们做事的方式简直是润物无声。没错，这就是一种高情商的表现。

情商很低的人，说话不过脑子，说出的话会无意间带出别的意思，让人产生误会，而且不会控制自己的情绪，沾火就着。但情商高的人就能极好地控制自己的情绪，并且能够通过每一个小细节给人以温暖。兰兰的男友刚子就是这类人的代表。

兰兰是我们圈子里的女神，不仅肤白貌美，而且头脑聪明，性格开朗。眼光一向极高的兰兰突然有一天羞答答地在闺蜜群里告诉我们她交男朋友了，群里顿时炸开了锅，大家都很好奇到底是何方神圣俘获了兰兰的芳心。有人猜那人一定是个高富帅，有人猜那个人铁定是做了什么惊天地泣鬼神的事情感动了兰兰，还有人说那人一定是个大才子，是兰兰的精神伴侣。

兰兰决定把刚子介绍给我们认识。我们都十分期待与刚子的见面。那次见面约在一家环境不错的中餐馆，刚见到兰兰的男友，我们多多少少有些失望，因为对方并不是什么高富帅，只是面容清秀，算是比较有精气神的小伙。

我们互相认识后便开始点菜，我们让兰兰和刚子先点。几分钟后，我们几个闺蜜一齐起身去了洗手间。我起身时瞥了一眼邻桌的水煮鱼，感觉色泽非常不错，味道也一定不会差，但心想和兰兰男朋友初次见面，主动点菜不太好意思，下次再来这家一定要点这个水煮鱼。同行的欢欢走出去几步后又返回餐桌不好意思地取了包，冲兰兰做了个鬼脸。

我们回来时，兰兰和刚子已经把菜点得差不多了。刚子把刚刚点的菜跟我们重复了一遍，水煮鱼、西湖牛肉羹、熏鸡、荷兰豆炒虾仁……我和欢欢顿时喜出望外，竟然点了我最想吃的水煮鱼！欢欢呢，正好这几天生理期，希望喝点热乎乎的汤，恰好有西湖牛肉羹。熏鸡是这家餐厅的特色，而荷兰豆炒虾仁是兰兰平时在外面必点的一道菜。道道菜都有讲究，看来刚子待兰兰最好的闺蜜非常用心。

我不禁对刚子的印象有些好转。他竟然可以在我起身的瞬间发现我瞥了别人餐桌上的菜，而且还能准确判断出，我是无意中瞥了一眼还是真的想吃。他能从欢欢回来取包这件小事判断出欢欢适合喝热汤。如此细心，这是怎样的一种洞察力啊！

吃饭最能看出一个人的修养。我们几个闺蜜可不是白来的，我们这次有一个特别的任务，就是帮兰兰把把关。都说恋爱中的女人智商为零，我们特别担心这么好的女孩被品性不佳的人给骗走了。

正吃饭的时候，服务员上菜不小心把汤汁洒在了刚子的衣服上，服务员惊慌失色，连忙道歉。我们都等着看刚子会如何解决。只见刚子赶紧抽出几张纸擦拭衣服上的污渍，脸色没有丝毫改变，边擦边对服务员说：“没事没事，我上大学时做过兼职，也是在餐厅端盘子，一次我把刚上来的鸡汤不小心都洒在客人的身上了，客人顿时就成了落汤鸡……”一脸惊恐的服务员瞬间被逗笑了，尴尬的氛围顿时消散。

后来，我们几个边吃边聊，本以为第一次见面吃饭多少会有些不自在，没想到一顿饭就在我们的欢声笑语中吃完了。我们几个女生基本上都在发表言论，不停地说着自己这段时间的经历：“我怎么怎么样”“我觉得”“我买了”……而刚子多数时间都在认真地听我们的讲话，并配合地点着头，然后再分享一件他见过或者经历的类似的有趣事情。他的谈话很少出现“我”这个字，他经常把话题抛给我们，让谈话很舒服地进行下去。

这让我想到了不久前看过的一本关于说话的书，叫作《蔡康永的说话之道》，书上面说，生活中每个人在聊天时都想聊自己，你想被别人喜欢的话，只需要把自己放在别人的角度去想，尽量少提“我”，做一个倾听者或者把话题抛出去的人会让人感觉更舒服。

饭后，我们各自告别，兰兰问我们她的男朋友怎么样，是否过关，我们都一致表示他很不错，人很细心，修养也蛮好的，讲起话来让人感觉很舒服。总之一句话，就是情商很高。

情商往往比智商更重要。有一句话叫作：“智商决定你的下限，情商决定你的上限。”

虽然兰兰的男友不是什么高富帅，也许现在无法让兰兰享受很好的物质生活，但是超高的情商就是一种无形的财产，它会助你走得更高、更远。如今的兰兰每天都生活在幸福之中。他们不会因为沟通不到位而无端猜疑，两个人遇到事情，总能在第一时间沟通解决。兰兰的一个眼神、一个表情，刚子看到了立刻就能心领神会，两人的默契程度比那些青梅竹马的情侣更高。

兰兰和刚子相处了三年多，刚子终于向兰兰求婚，兰兰幸福地答应了。原来家境一般、手头没有过多资金的刚子，在今年年初晋升为集团下属某个分支机构的部门经理，负责统率整个团队。他丰厚的薪资足以让兰兰过上更高层次的生活。

当初，刚子刚进这家公司的时候，他们部门基本都是老员工。老员工的优势在于业务十分娴熟，但老员工多的弊端也十分明显，那就是惰性太强。因为对这个行业过于熟悉，老员工总想偷懒耍滑，集团对此也深感头疼，希望新人的加入能给部门带来属于年轻人的活力，而刚子的出现显然如一股清流淌进了原本波澜不惊的死水。刚子果然不负众望，在做好自身工作的同时，主动分担其他老员工的工作，而且代表部门参加了很多比赛，给部门争得了很多荣誉和奖金，但是刚子每次都不邀功，说这是集体的功劳。

按理说，在一个原本固定的环境中出现与该环境有明显差别的人，通常会受到排斥和孤立，而刚子非但没有被孤立，还很受大家的喜爱，这源于刚子极高的情商。

工作中即使受了很多委屈，他也能很好地控制自己的情绪，因为刚子始终认为，发怒就是一种破相，它只会把你丑陋的一面暴露给等着看你笑话的人，根本解决不了任何问题。另外，刚子的锋芒也不会让人感到有威胁，他积极但不激进，每次分享荣耀的时候，总是会提到别人，这是很多人很难做到的。

部门的老员工原本也是积极做事的人，只是随着工作年限的增加逐渐丧失了原有的斗志，看着身边的人都得过且过，遇到难活就相互推诿，自己无力改变，索性变成曾经“深恶痛绝的样子”。他们其实还是十分向往那种每天都干劲十足的生活的。

在刚子的影响下，整个部门的工作状态有了明显的改变，去年年底集团开表彰大会，这个曾经被集团领导多次批评的问题部门，一跃成为年收益稳步提高的优秀部门，而刚子也被举荐为他们部门的新经理。

我终于理解了一向眼光很高的兰兰，为什么在众多追求者中选择了相貌、家境都很一般的刚子，看来选男友还真得选个情商高的。

这让我突然想到了我那个不会处理问题、情商极低的前男友小强。起初，我们两个人的感情也同兰兰和刚子一般，认定了彼此就是最对的人。可是相处一段时间后，两个人难免会有些意见相左的地方。我希望能推心置腹地沟通明白，两个人都磨平棱角才能更好地相处，而小强总是害怕争吵而选择逃避。每次一有矛盾，小强既不解释也不沟通，转身离开“硝烟未起的战场”，留下我一个人抓狂。

情商高的人并不见得巧舌如簧，也不见得对另一半花言巧语，但一定要具备处理问题和矛盾的能力，而小强的这种冷暴力显然是不会处理矛盾的表现。还记得最后一次闹矛盾，小强仍是选择转身离开，想要一个人静静，于是他选择坐飞机去另外一个城市待两天。那两天无论我怎样打电话他都不接，发微信给他他也不回。伤心欲绝的我终于决心分手，我删除了他所有的联系方式，从此将这个人彻底在我的生活中拉黑。

小强后来一次次地加我微信，我都果断拒绝，我实在不想每次遇到问题时总看到一个㞞包，灰溜溜地在我面前逃跑又悻悻地回来等待我喜笑颜开。作为女孩，我更期望遇到问题两个人有商有量，通过共同解决每一个困难，稳固双方的关系。

后来，听朋友说，小强很在乎我们的感情，可是每次遇到问题，他都不知道该怎样解决，索性就选择逃避，总以为过两天我们都冷静下来，事情就会过去。可是长此以往，事情非但没有及时解决，矛盾反而愈演愈烈，这令他很苦恼。再后来，听说小强接连换了好几个工作，每次都是因为缺乏应对困难的处事能力，他的感情也不尽如人意。很遗憾，一个重点大学毕业的高才生最后落得如此下场。

20 岁前靠智商，智商高的人可能会轻易凭借好的成绩考上一所好大学，拥有一个很高的起点。20 岁后靠情商，情商高的人在职场和生活中备受欢迎，这才是决定你能走多远的关键。

那么情商到底是什么呢？简单地说就是自我意识、控制情绪、自我激励、认知他人情绪和处理相互关系。

情商跟智商都能给人带来很大的成功，但是情商又与智商有着很大的不同。智商由先天决定，而情商很大一部分源于周围环境的影响和个人思考做事的习惯。

情商并不是面面俱到的虚伪，也不是为人处世的圆滑，更不是耍些小聪明的投机取巧，而是真诚对待我们生活中的每个人。我们在与人相处的时候，尽量尊重别人，尽量不要打断别人的谈话，用心去倾听；学会控制好自己的情绪，别轻易动怒，“冲动是魔鬼”这句话毕竟是别人经过无数事实验证的真理；

分享荣耀时记得带上和你一起奋斗的同伴；遇到困难要勇于面对，以积极的态度去沟通解决……这不仅仅是高情商的表现，更是一种极高的修养。如果觉得自身情商确实不高，总是无故招来别人的非议。那么你在反思的同时，多充实自己，在从事的领域踏踏实实做出一番成就，当你的能力盖过人们对你的诋毁，他们谈论的将是你的成就，而非那些有的没的“黑历史”！

看看被人们喜欢的赵丽颖，不也曾经因为不会表达自己被视为“情商低”的代表吗？可是这个满身正能量的女孩并没有因为别人的诋毁而退缩，也没有作过多的解释，而是踏踏实实磨炼演技，塑造了一个个个性鲜明的角色，用一部部作品去说话。如今，她再次出现在公众视野，早已不再是“招黑”体质，人们对她的作品越来越期待。而她在提升演技的同时，也做到了尊重身边的每一位工作人员，对身边的人举止热情而不轻浮，大方而不做作，让人们看到了她耿直、真实，又可爱的一面。

如果你有高情商的男友或者朋友，恭喜你，你很幸运！在享受“春风化雨般的温柔”的同时，多学学人家对每一件事细节的处理。挥舞着高情商这根魔棒，做一个温暖、善良、被人喜欢的人，该是一件多么幸福的事情。

哥们儿式合伙，仇敌式散伙

朋友看重的是情义，生意人在乎的是利益。当朋友和生意人这两个概念要定位到同一个人时，该如何分摊情义和利益的比重才能让这一段微妙的人际关系保持天平两端稳定呢？这可能是一道亘古难题。年轻的朋友总爱在一起漫无边际地畅想未来，遥想未来“弹冠相庆”的激动画面。现实中很多凭义气加盟入股、一起创业的朋友们，在真正实现赚得盆满钵满的愿望后，面对的却是利益分配不均带来的兄弟反目、一拍两散的结局。哥们儿式合作大多充满了幼儿园般的天真的幻想，最后不得不以仇敌式的悲壮散伙。

大学的时候，他们是一群兴趣相投的好朋友，都对Beatbox（架子鼓）有着浓厚的兴趣，四五个充满活力的少年一起在学校里组建 Beatbox 社团，成为他们那个大学的

Beatbox 始祖人物，在学校里推广宣传 Beatbox 文化，让很多年轻人有机会接触到这一新鲜事物。兄弟几个在筹备各种社团活动中培养了深厚的情义，都觉得彼此是可以交心的好哥们儿。

到了大三大四，开始考虑毕业后的去向时，亲密无间的好哥们儿起初都是一脸的迷茫和愁容，并不知道自己以后能做什么，该做什么。在看了电视中一则大学生创业的新闻报道后，其中一人提议他们几个人一起创业。他们有能力、有学历，现在又有机会、有热情，创业的想法一下子把几个人的兴趣激发了出来。

几个人在校期间都有过当家教或者是在培训机构当老师的经历，他们在筹划创业项目的时候首先想到的就是教育行业。只要是创业，前期都得有资金投入，按照他们的计划和想法，他们首先要申请中小学教育培训机构的许可证，然后要有培训的场地，还要有固定的师资。这里边对他们来说压力最大的就是资金，一群即将毕业的大学生都没有太多可以用来冒险的闲置钱财。他们只好先把其他的事项一一办妥，最后再来解决这个现实的难题。其中一个家庭较宽裕的少年从家中取得了一笔创业资金，在关键时刻解决了他们的场地资金问题。刚刚创业的其他几个毛头小伙子，谁都没有考虑太多这里边涉及的收入分配的问题，只想充分发挥自己的能力，实现自己的价值，未来能养得起自己。哥们儿几个的合伙创业就此拉开序幕。

这其实就相当于出钱的少年成了他们之中有发言权的人，其他几个少年完全是用自己的一腔热情和义气合伙。

之后，培训机构的整体运作和细节维护工作自然而然地落在了没有出钱的几个少年身上。创业之初，他们还是没有毕业的准毕业生，每当他们的招生任务有所进展，他们都会在一起开心地畅想未来把培训机构做大做强的日子，梦想做成下一个新东方，他们也都成为下一个俞敏洪。

真正毕业的时候，当他们的同学还在为自己的未来担忧，还在苦苦地奔波于一个又一个的招聘会时，他们已经把初期投入的都赚了回来，真正实现了依靠自己的能力赚钱，还成为自己的老板。

由于他们认真的态度和精准的业务水平，培训机构在当地受到越来越多家长的关注。教育事业带给他们的不仅仅是毕业以后的一份工作，还有一份自我价值实现的成就感。刚赚回成本时的收入并没有很多，只能够满足他们每个人的基本温饱的需求，所以他们也就没有什么工资要求。慢慢地，大约一年以后，他们需要招募更多的师资来扩大规模，也可以不用赚钱而是用利润来形容他们的收益。

所有的收入都由最初出资金的少年来掌控，出于哥们儿义气，没人明确要求他报出每一笔钱的用途。其他几个少年像打工一样领着基本工资，第二批师资招募完成时，其他几个少年发现他们从出资少年那边拿到的基本工资和后来招聘的老师的并无差异。面对这种情况，其他几个少年心里很不是滋味。最初说好了一起创业，兄弟五人都参与了这个计划的构想和策划，劳心劳力，一步步投入心血将事业发展壮大，怎么现在自己又变成了打工者，四个人想不通这个道理。

这四个兄弟和出资少年聊起这个培训机构的未来，聊到机构整体的收入情况，聊之后再招聘老师的薪资待遇，再聊他们的生活水准。出资少年却不再像以前一样和他们一起计划接下来如何更好地实现创业计划，似乎完全忘记了当初要一起“鸡犬升天”的口号，转而和他们聊起了梦想，说教育事业应该成为他们毕生的梦想，让每一个学生有所收益，让家长满意才算最终实现了梦想。

他的梦想论没有任何问题，只是让人想起了最近流行的那句“只和你谈梦想的老板不是好老板”。这句话放在他们几个身上真的贴切吗？出资少年真的就是老板了吗？虽然他已然以老板身份自居，但对当初一起创立这个培训机构的另外四个少年来说，他们付出的心力不少一分，只是苦于没有创业资金可以投入，所以创业初期所有的工作都是他们四个人来完成的，包括场地挑选、装修、招生计划的宣传和推广、后勤工作，等等，他们同样为这个机构贡献了力量。

经过几次这样的谈话，四人并没有得到他们想要的回答，在自己辛苦创立的机构中以一个打工者的身份存在，他们无法接受。最后，几个人选择离开，离开自己曾经付出过心血的地方，重新开始打拼事业。和出资少年死生不相往来可能略微夸张一些，但是若再见面，他们也一定不会把出资少年称为朋友。哥们儿之间最初的信誓旦旦，最后变成仇敌般的陌路。

曾经一起奋斗、一起努力，靠自己双手证明自己的梦想，他们全都实现了，但却并没有得到如他们所期望的“弹冠相庆”。生意人的优点是利益分配明确，朋友的好处是相互分享。好哥们儿一起做生意，成果是分享还是独享，利益如何分配才最恰当，这些不应该在出现问题后才面对、解决，大家应该在一开始就像生意人一样把一切都摊开说明白，意气用事不是生意场上的基本准则。

像这几个少年这样的哥们儿式合伙并不少见，去年被热议的游戏公司创始人被净身出户的消息也和这种哥们儿式合伙有关，是最终落得仇敌式散伙的典型。他们共同合伙创业七年，公司 CEO（首席执行官）在公司做大做强后把碍手碍脚的好兄弟踢开。很多看客认为这家公司的 CEO 没有人情味，太没良心。的确，作为兄弟，这样做是无情无义，但是作为生意伙伴，这个 CEO 的做法没有任何问题。公司的其他合伙人都希望他们这样的现代企业能够精简高效运作，而被净身出户的创始人自始至终都没有完全理解现代企业的精神内核，就像有人在批评他自始至终就没有过一丁点儿风险意识，完全感情用事，这样的合伙人又如何能做到对整个公司和职员负责。

合伙创业不是聚餐喝酒侃天下，仅仅凭借朋友之间的义气和感情用事无济于事，头脑一热意欲合作的想法没问题，但若一拍大腿就算签订合同，这种哥们儿式合作实在说不上万无一失。不管是毕业一起奋斗的少年，还是一起创业开公司的白领，这些最初以哥们儿身份合伙开办的事业往往到最后连好聚好散都做不到，大家可以共苦，但无法同享乐，究其原因，都会落在利益分配上。

在创业之初，合伙人总是一腔热忱地投入到为事业的打拼中，一心希望自己的心血尽早变成成果，辛苦一点不算什么，多付出一些更不算什么，彼时在他们各自心中，大家还都是亲密无间的好哥们儿，没有什么是不能分享的。一旦创业初见规模，就会涉及各自的利益得失，曾经无怨无悔、不计得失的付出在金钱利益面前立刻被抛诸脑后。合伙人会立刻转换成商人思维，对自己每一份付出都计算得清清楚楚。合伙创业这件事情本身不是让兄弟感情断裂的因素，而是哥们儿式合伙这样的合作方式让人产生了心态和心境上的变化，最终导致了合作不成功，兄弟也一拍两散。

在最开始不计较利益的时候，合伙人视彼此为心腹，坦诚分享是常人的心理，这时候大家把情义看得比天还高，比地还厚。而到了切实的利益摆在面前的时候，要体现出自己创业的价值就要看自己所得的实际利益分配所占的比重，情义不再是彼此最看重的因素，这样的心境转换必定带来亲疏远近的关系变化。若是一开始就把这两者严格区分开，情义归情义，生意归生意，一码归一码，哥们儿几个大概也就不会选择合伙做买卖了。用主观的感情来抗衡冰冷客观的金钱利益，这样做从来都不是明智之选，少则失去自己本该得到的物质利益，多则赔了夫人又折兵。

2013 年有一部《中国合伙人》在院线上映，一上映就引起了人们对合伙做买卖这件事情的广泛热议。电影中最后三个合伙人完全闹崩以后，佟大为饰演的角色王阳说了一句：

“千万别跟丈母娘打麻将，千万别跟想法比你多的女人上床，千万别跟好朋友合伙开公司。”虽然是玩笑话，却蕴含着人们从生活中总结出来的真理。

影片中的“土鳖”成东青和“和事佬”王阳在经过了一番艰难创业后初见成果，拉上“海龟”孟晓骏一起将他们的教育事业推向了顶峰。结果他们仨却在稳步前进时出现了严重的意见分歧，几次沟通无果后，仨人渐渐貌合神离。即使曾经一起经历过筚路蓝缕的日子，也一起解决过那么多压在头顶上的难题，在本该走上越来越好的发展路上时，人心却不再如过去般纯粹，这也注定了最后的分崩离析。

感情深厚，情义浓重，都是成为好朋友的必要条件。但在合伙创业这件事情上，哥们儿情义从来都不是合作的基石。生意伙伴需要在创业一事上有相似的理念，对创业的规划和设计有共同的目标，能把利益的分配当作一件客观又必要的事情落实在有效合同中，用共同商议制定的合约条款、规章制度来实现对双方的约束。如果是哥们儿式合伙，这些合约条款、规章制度要靠多年积攒的友谊来维持。在一次次的意见相左、观念不和中，友谊会一点点地消耗殆尽，那时凭情义、自律建立的合作就失去了合作的基础。

现代商业环境崇尚的公平公正有现成的制度条款来保障。想要避免哥们儿式合作、仇敌式散伙，要么在一开始就权衡好友情和生意的天平，要么就用最客观的条款来制约主观的感情因素。创业已经很难，合伙创业更是难上加难，哥们儿式合伙必须做充分的准备，慎重选择自己的合伙人。如果因为合适的合伙人恰好是自己的好哥们儿而选择哥们儿式合伙，而不是因为对方是自己的好哥们儿这一个原因选择哥们儿式合伙，这样的抉择对合作的双方都有裨益，毕竟谁也不想闹得不欢而散，最后落得仇敌式散伙的下场。

就做个神经病，不好吗？

“你神经病啊！”这是歌手薛之谦最常说的一句话。如果薛之谦对焕焕说出这句话，我想得到的答案一定会是：“对啊！你怎么知道？”

焕焕就是女版的薛之谦，大大咧咧，没心没肺，时常冒出些不符合正常逻辑的话语，碰到事首先发出的都是“哈哈哈”，有她的地方总有欢笑声，感觉焕焕心态好到都快溢出来了。

作为我们圈里会自己发光发热的“小太阳”，仿佛什么事都影响不到她的好心情。领导总是给焕焕安排一些我们认为根本不可能完成的任务，可是她每次都乐呵呵地接受，没有任何抱怨，更没有任何不满。我们都觉得领导对她太过苛刻，而焕焕却坐在她的办公位上哼唱着：“天空飘来五个字，那都不是事。”有时真怀疑她到底长没长心。

有一次，领导把一个特别难缠的客户交给小利和焕焕共同负责。小利是焕焕的主管，是那种做事挑肥拣瘦又很爱表现的人，她在领导面前满口答应，却转过头就把难活累活分给焕焕，让焕焕先负责，等焕焕实在搞不定，她再出马。

接下来很长一段时间，我都没见过焕焕正点下班。我们起身离开时，她笑着与我们一一道别，随后就迅速埋头处理客户反馈的问题。焕焕一遍遍地修改，可是客户总是不满意，焕焕想着可能是电话里不好沟通，就主动请求在合适的时间当面谈谈，使问题得到更快解决，可是客户却一再拒绝焕焕的请求。

万般无奈的焕焕只能在客户下班的时候，堵在楼门口跟人家交谈。客户被焕焕的这一举动吓了一跳，面无表情、冷若冰霜地讲了一堆问题，焕焕一听就知道对方明显是鸡蛋里挑骨头，可是仍旧满脸笑容，满口答应，然后继续加班到深夜修改方案。

就这样，焕焕坚持了半个月，终于有一天客户不再刁难焕焕，同意继续合作，因为无论怎样百般刁难，焕焕始终保持微笑，以乐观的心态去面对、去解决。他们把项目交给焕焕这样积极努力又有能力的员工，感到非常放心。

焕焕听到这个消息高兴得跳起来，嚷嚷着今晚要大吃一顿，来犒劳她这段时间的辛劳。就在焕焕想晚上吃点什么犒劳自己的时候，小利已经去领导办公室请功了，小利诉说这段时间自己多么辛苦，从头到尾根本没提到过焕焕的付出。

后来，焕焕才知道，这个客户故意刁难的主要原因是想和别家企业合作，但碍于和焕焕工作的公司签了两年的合同，不能直接违约，只好通过百般刁难让焕焕知难而退。可没想到的是客户被焕焕乐观的心态、执着的精神感动了，从而选择继续合作。

领导给了小利和焕焕共 5000 元现金奖励，小利 3000 元、焕焕 2000 元。我们都为焕焕感到不平，明明没日没夜操劳的是焕焕，可是主要的功劳却算在小利头上。换成别人早就撂挑子不干了，可是焕焕还是欣喜若狂地去接受奖励，还用这奖金请了我们大吃一顿。

有人问焕焕："你说你整天接那样难缠的客户已经够憋屈

的了，更可气的是自己的辛苦付出却被别人抢了功劳。难道你不生气吗？”

焕焕陶醉地享受着眼前的美味，仿佛人们谈论的事情都与她无关一般。很多事情我们改变不了，那么不如改变自己的心态。既然都要接受，不如快快乐乐地去接受，你快乐一点，每天的阳光就更灿烂一点。

后来，焕焕的主管小利被调到公司其他部门，原有部门需要选出一位新的主管，小利强烈举荐了焕焕。或许是因为焕焕工作积极，真的有那个能力，又或许是因为上次的事情，小利抢了焕焕的功劳，焕焕却没有斤斤计较，小利感到愧疚。总之，最后的结果是，焕焕凭借良好的心态获得了更大的发展空间。

在很多关键时刻，决定成败的不仅是你的能力，还有你的心态。

我曾经看过一场国际射击比赛，两位选手的能力都很强，在最后一场争夺冠亚军的比赛时，A 比 B 多了几环，最后一次射击，只要 A 稳定发挥，世界冠军的奖杯和荣誉都会收入囊中。

可是就在决定成败的关键时刻，赛场上竟然出现了惊天大逆转，全场一片哗然。A 由于心态不好导致整个人过于紧张，还没有看清自己的靶位就射了出去，结果竟然射到了对方的靶位！

这是有史以来最具戏剧性的一次射击比赛。很多人认为这是不可能发生的事情，却恰恰发生在射击技术水平很高的 A 身上。A 对此懊恼万分，从那以后每次射击都会想到这一经历，这段射击史上的笑话给 A 的心蒙上了阴影，致使他再也无法精准射击，从此与世界冠军彻底无缘。

你有怎样的心态，就有怎样的未来！

为什么看面相就知道一个人的命运？因为你的心态会反映在你的脸上，进而影响你的运势。想短时间内看清一个人的生活状态，只需看看他的脸就能全部明了。

凡事以豁达的心态面对的人，往往会面露福相，因为他们经常笑，脸上的肌肉往上提，无时无刻不满面春光，这样的人运气自然不会太差。

你以轻松的心情、乐观的心态面对生活，生活也会回你一个大大的微笑。

一个整天只会骂街的泼妇，即使穿上华贵的衣服，你也不会觉得她有多美，因为她整天怒气冲冲，哀哀怨怨，整个面部肌肉是往下垂的。你处处抱怨生活，满腹牢骚，久而久之，你的面貌会越来越丑，这就是所谓的“相由心生”。

有一段时间，小红简直就是低气压中心，我们一靠近她就会感觉压抑得喘不过来气。小红那段时间和男友正在筹钱买房，因为生活压力过大，导致她整个人的精神状态都不是很好。她整天愁眉不展，感觉自己做什么都不顺，觉得自己就是世界上最可怜的那个人。

去吃土豆粉，因为没有牛肉辅料，所以店家用鱼丸代替。小红因为这个非要跟店家呛呛半天，原本只是吃个饭，却添了一肚子的气。去买散装瓜子，小红因为商贩少给了一些，就跟街边商贩争吵不休，男友劝她不要因为这点小事跟人家争吵，小红却将矛头转向男友，埋怨男友在自己和别人争吵时没有向着自己，然后由“外部矛盾”转向“内部矛盾”……

那段时间的小红无论遇到什么事都是满腔不满，朋友和男友都不敢靠近这颗“定时炸弹”。有一次，小红又开始向我抱怨最近怎么不顺，“早上买个面包还是过期的，结果下楼去换，电梯又坏了，来来回回耽误了将近一个小时的时间，导致老板交代的事情没有及时做完，受了批评。你说我怎么最近做什么都不顺啊？”

我及时制止了小红的抱怨，如果一个人看到的所有都是事物的阴暗面，那么我想一定是他们心态出了问题。坏的心态就像潮湿的空气加上阴暗的角落，这样的环境中生长不出艳丽的花朵，只会繁衍出一堆四处乱窜的潮虫。

小红意识到原来诸多的不顺都是源于自己的心态不够平衡，自己那段时间一心追求早日买房子，过上高品质的生活，却没有想到在实现目标的路上，没有把握好目标和现有生活的平衡。买房子的目的不就是为了更有品质地活吗？可是如今自己却被房子搞得焦头烂额，这简直是本末倒置。

小红及时调整了自己，将买房子的计划放到了年底，这样她就有更充足的时间筹备资金，同时也有足够的精力享受当下。往日那个整天嘻嘻哈哈、没心没肺的小红又回来了，她的人生又恢复了往日的多彩。

《红楼梦》中林黛玉如果有个好心态，遇到事情别那么较真，别总是哭哭啼啼，遇事别总从悲观的角度去想，别动不动就来段《葬花吟》，以豁达的心态面对宝钗的存在，以积极的态度去争取心爱的人。我想她最后也不至于在心爱之人大婚当晚被气得吐血而死。

假如人生只有两种选择，你会选择做一位神经病患者，还是抑郁症患者？我想我会选择前者，因为前者更为快乐。“神经病”在我的脑海里不再是个贬义词，相反，它还有些调皮和可爱。

虽然我们无法达到古代圣贤“不以物喜，不以己悲”的超然境界，但至少可以做到不抱怨、不哀怨。以更加豁达的心态去面对生活给我们开的一个个善意的玩笑。

做一个没心没肺的神经病难道有什么不好吗？至少能在给别人带来快乐的同时，也给自己带来快乐。没心没肺，才能活着不累！

你有再多的钱，依然过不好这一生

有钱就一定过得好吗?

我有个朋友老翟，人到中年，事业有成，住一栋近郊别墅，奔驰、宝马代步，经营的公司每年都有个千百万的进账，人也在公司里翻云覆雨，十分威风。很多人都说老翟成功，把他当作奋斗的目标，可是只有老翟知道，他其实一点都不成功，相反，在生活中还是个失败者。

老翟的人生，充满了遗憾和愧疚。

老翟在事业稳步发展时，妻子怀孕。老翟整天到处奔波，今天陪客户吃饭，明天去外地出差，一出差就是半个多月。妻子给老翟打电话，希望老翟能回家陪她两天。老翟平日里对客户十分有耐心，客户的各种要求他都会爽快答应，可是到了自己最亲近的人这里，他却满脸的不耐烦。振振有词道:

“我现在回去，生意也不做了，那咱全家都喝西北风啊！”妻子便不再要求，闷不作声。

妻子其实也知道老翟的确很忙，公司很需要他，可是作为一位妻子，此时她更需要老翟啊！其实需要老翟的不只有他的公司、他的妻子，还有他的父母。

老翟的父母年纪越来越大，腿脚不便，所以一直在老家生活，他父母年前就希望老翟能带着媳妇回来看看他们，可是老翟总说自己实在太忙，等有时间了再回去看他们。由于身体越来越糟，两个老人愈发想念老翟，有几次老翟正和客户吃饭，父母打电话过来希望他能回家看看，老翟含糊答应，说好过几天就回去，可是过了几天，父母又打电话过来，问老翟怎么没回来，老翟被问得十分烦躁，说正在忙，便匆匆挂了电话。

一天，老翟正陪客户在 KTV 唱歌，母亲的电话又打过来，因为周围环境嘈杂，这一次老翟没有接听，直接选择了挂断。后来，老翟和客户又喝了很多的酒，清醒过来已经是第二天中午，老翟拿起手机，看到几十个未接来电，都是母亲和妻子打来的。老翟忙给母亲回电话，接电话的却是他的妻子，老翟觉得家里一定出事了。

原来就在昨晚，父亲突然病发被送到了医院，父亲特别希望能再见宝贝儿子一面，可是等啊等，还是没有等到宝贝儿子的出现。老翟的妻子听了这个消息挺着个大肚子赶到老家，照顾悲伤过度的婆婆。

老翟像发了疯一般疯狂地往家赶，一路上他都在回想，前几天父母不停地给他打电话让他回去，原来父亲早就知道自己时日不多，希望能在最后的时光多看儿子两眼，可是老翟却一次次无情地拒绝。老翟竟然为了陪几个酒肉朋友，把垂垂老矣的父母搁置在一边，无论他怎样忏悔，这都是他这辈子无法弥补的遗憾。

料理完父亲后事的老翟，本想把母亲接进城里，这样照顾她更方便，无奈母亲拒绝了，说要在这里陪父亲，不然父亲会孤单。老翟只好带着即将临盆的妻子回到城里。后来，没过多久，母亲就因为思念成疾而离开了人世。

原以为双亲的离开会让老翟学会珍惜家人，可是老翟仍旧很多天才回一次家。孩子一天天长大，对父亲却相当的陌生。老翟经常跟妻子说，他要赚很多的钱给她和儿子，让他们好好享受生活。妻子不止一次地向老翟表示，母子俩要的只是陪伴，而老翟仍旧沉浸在外面耀武扬威、翻云覆雨的世界里。

妻子一个人照顾着整个家，终于在孩子上中学后，不堪忍受“守活寡”的日子，选择与老翟离婚。本来妻子想带着儿子一起生活，可是老翟不同意，说儿子跟着他才能接受好的教育，才能过上好的日子。后来，由于老翟拥有强大的经济实力，法院把儿子判给了老翟。

老翟给儿子选最好的学校，找最好的家教，可是儿子就是不愿意学习，整天与父亲唱反调，越是父亲不让他做的，他偏偏要做。他恨父亲把一个完整的家搞得支离破碎，他要通过自己的行为进行报复。

后来，老翟再婚，娶了个娇柔妩媚的女人，儿子便越发看不惯父亲，闹得整个家鸡犬不宁，而新婚妻子也整日向老翟哭诉，他的儿子有多么的不懂事。从此家成了老翟最不想去的地方。

老翟有时看着他的员工，上有老、下有小，虽然物质条件不够好，但是一家人和和睦睦地过着小日子，便由衷地羡慕。只可惜，他纵然有再多的钱财，也换不回曾经等待他回家的父母，更换不回无怨无悔爱着他的妻子。是的，他再也回不到从前了！

老翟的故事让我想到了我前阵子看的电影，名字叫作《九条命》。影片的主人公在事业方面非常有成就，当然也非常有钱，但是却没有好好陪伴自己的爱人和两个孩子，说好了参加孩子的家长会，却转身就忘记，答应过妻子的话却迟迟没有兑现。说实话，主人公就是那种心思根本不在家庭上的人。

小女儿即将过生日，生日愿望是想要一只猫，虽然主人公很讨厌猫，但也答应送女儿一只。不料，在女儿生日的那晚，主人公不小心坠下楼的瞬间，与猫互换了灵魂。

因为变成了一只猫，主人公只能无奈地陪在家人身边寻找合适的机会，告诉大家真相。在这期间他通过与家人的朝夕相处，发现家人都特别爱他，他们最大的心愿就是主人公能多陪陪他们。主人公渐渐地开始享受作为一只猫陪伴家人的时光。

后来，他发现自己最爱的妻子已经渐渐对他失望，这段感情已经岌岌可危。小女儿整日看着他们一家人在一起录的视频，最大的愿望就是一家人快快乐乐地在一起。主人公这才意识到，虽然他有强大的经济实力，虽然他在外面可以呼风唤雨，但却是个失败的丈夫、失败的父亲。

此时的他拼命想弥补，却无能为力。最后他为了救从楼上跳下来的大儿子，再次跳下了楼。在他纵身一跃，即将落地的时候，突然整个人都恢复了清醒。他与猫的灵魂互换了回来，他不仅救了儿子，还指证了那个想倒卖公司的人。

重新做回人的他，简直像变了个人一样，对妻子恢复了往日的温柔和爱护，对女儿更加温柔，还陪着女儿买了一只她最喜欢的猫……

我把这部影片分享给老翟，老翟看着看着泪流满面，不停地念叨：“多希望我也能重来一次。”

人生和电影不同，根本没有重来的机会。即使你腰缠万贯，有些事情一旦错过了，便再也无法弥补。我们一味地追求金钱，追求成功，等到最后才发现，金钱的多少只能代表你赚钱能力的高低，但它不是评判生活的唯一标准。

有钱并不代表你就可以过好这一生。没钱的人，只要心中有爱，依然可以将小日子过得万般精彩！

雷哥的金融公司前段时间因为经济危机的影响倒闭了，从受人敬仰到一文不值，巨大的落差让万念俱灰的雷哥想到了死。妻子阳阳一把抱住了他，告诉雷哥还有她陪在身边，没有了钱，他们依然可以过好自己的日子。

雷哥回过头看着身边这个娇小的女人，莫名的感动。当初，雷哥以为妻子只是看中了他的钱，没想到在他最落魄的时候，妻子依然能陪在他的身边，不离不弃。

人最怕的不是没有钱，而是失去对美好生活的向往。只要希望还在，一切就都有可能。

后来，一无所有的雷哥做了快递员，从之前高高在上的老板到如今事事亲力亲为、挨家挨户送快递的普通员工。虽然辛苦，但日子却过得从未有过的踏实。每天晚上回家，看到妻子在厨房里忙活的身影，吃到香喷喷的饭菜，他便觉得自己特别得幸福。

有一次妻子过生日，雷哥专门背着妻子从网上买了礼物，还故作神秘，拿着礼物，敲自家的房门：“您好！您的快递。”妻子正在诧异自己什么时候网购了商品，打开门却只见雷哥激动地站在门口拿着礼物，大声喊：“我最爱的老婆，生日快乐！”妻子感动得热泪盈眶，紧紧抱住了雷哥。这是她嫁给雷哥这么多年收到的最浪漫的礼物。

夏天由于天气炎热，骑着电动车送快递的雷哥，被晒得黝黑。妻子给他起了个外号叫“黑泥鳅”，虽然是笑他黑，言语里却隐藏着深深的爱意。实在热得不行，雷哥就拿出妻子给他煮的绿豆汤，喝上一口顿时觉得清凉无比，整个人又充满了干劲。

我每次见到雷哥，从他的脸上就能看出满满的幸福，他的眼神里满是对未来的期望。而他的妻子，虽然不再名牌加身，穿着变得朴素，也不再浓妆艳抹，但却从内而外散发着一种美。

后来，雷哥单独承包了他那一片的快递，更忙了，但是两口子依旧甜蜜。雷哥跟我说，以前他觉得有钱就可以拥有一切，所以拼了命地赚钱，忽略了很多身边爱他的人，但是现在他的想法有了很大转变，他觉得现在这种日子更幸福，他感觉以前自己整个人都是飘的，内心空空的，现在每天特别踏实。他特别感谢这次磨难，让他变得更加成熟，同时也让他知道，原来在他身边有个这么好的女人值得用一辈子去爱。

金钱确实能让我们的生活变得更加美好，但是我们更向往的应该是成为支配它的人，而非被它掌控的奴隶。

其实没有必要去羡慕那些动不动就炫富的人，因为炫耀不能说明他们过得有多幸福，只能说明他们内心深处的缺失。就像当初的“郭美美”，豪车、名牌包包相伴，在各大社交网站疯狂炫富，可那又怎样，最后还不是沦为众人的笑柄。

相反，如果你能踏踏实实地过好现在的日子，在努力练就一身本领的同时，内心充满爱和阳光，有一天，你也会成为发光发热的“太阳”，那时自然会有一大批“向日葵”朝着你盛开。

那么多励志电影，不敌你的故事

我们常常羡慕别人的生活万般精彩，我们自己的人生其实也不赖。

每个努力的人的人生，都是一部励志电影。

“其实，我是一个演员！”看过《喜剧之王》的人都知道这句经典台词。星爷饰演的尹天仇，醉心于表演却始终不得志，一遍遍地演着连台词都没有的死尸，被周围的人蔑视嘲弄，然而他却始终坚持着梦想，从来都没有放弃过自己。

“我是一个演员！”这句话不仅是在告诉别人，同时也是在提醒自己，无论外界环境怎样，自己一定不能看轻自己。

人的一生充满着无数未知的可能，漫漫征程难免会有起起伏伏。

人生路上没有永远的旭日东升，同时也没有永远的谷底，只有身处谷底时不放弃自己，才能拥有他日凤凰涅槃的璀璨光亮。

欢欢小的时候，学习成绩不好，人长得也不够漂亮，很多人说她的智力不太高，3 岁多刚学会说话，走路也比同龄的孩子晚了许多。欢欢无论做什么事情都是最不起眼的那一个，就连座位都在最后排最不显眼的地方。

虽然被安排坐在最后，欢欢还是瞪大了眼睛认真地听老师讲课，但老师具体讲什么，欢欢根本没听懂。虽然她成绩不够理想，但是相比同龄的孩子，欢欢也有自己独特的优势，她的心思特别细腻敏感。

一次，老师让大家写一篇以“爱护动物、爱护大自然为主题”的作文。其他的小朋友写的都是“从我做起，不乱扔垃圾，好好爱护动物”，而欢欢却把这篇作文命名为《人鸟大挪移》。这篇文章讲的是，有一天，人和鸟发生了互换，鸟变成了手拿武器无情地向人类开枪的强者，而人类只能四散逃命。那一刻，人类无比恐慌，他们十分后悔自己当初的行为……

老师觉得欢欢的想法很独特，写作的思路和文笔也相当不错，便在全班同学面前朗读了这篇文章。全班同学都全神贯注聆听欢欢内心的想法。欢欢第一次感受到被认可是如此的幸福，原来自己也可以闪闪发光。那一刻，一颗小小的、带有希望的种子落在了欢欢的心里。

课后，老师把欢欢叫到办公室，问欢欢愿不愿意做她的课代表。一时间，欢欢陷入了难以置信的状态，随后又欣喜若狂起来。老师轻轻抚摸着欢欢的头，告诉欢欢她其实很优秀。从来没有人这样说过，欢欢顿时感觉整个世界都变得明朗。

因被赞扬而获得信心的欢欢每天都特别期待语文课到来，她恨不得每天都上语文课，因为这才能体现出她的价值。

欢欢小小的心中产生了一个美丽的梦，她希望将来有一天可以成为一位作家。

后来，欢欢听老师说，想要成为作家，必须先成为杂家，要吸收更多的知识，考上大学能更好地开阔眼界，一步步实现她的作家梦。

欢欢很受触动，她不愿再做那个默默无闻的丑小鸭，要做就做让人羡慕的白天鹅。

只有自己看重自己，别人才会看重你！你潜意识认为自己真的很优秀，那么你离优秀便真的不再遥远。

从那以后，欢欢主动要求从最后排调到最前排。她坚信，既然写作可以让自己卓尔不群，那么其他方面经过努力，她也一样可以获得好成绩。学习底子差？那就趁别人呼朋唤友、成群结队玩耍的时候，自己迎头赶上。一个学期下来，欢欢已经从倒数二十名，纵身一跃跻身正数前二十名。

很多同学说她那么努力，成绩不还是不如某某某，这就是差距。还有一些同学说她天生就笨，怎么学都考不上大学。欢欢没有反驳，反而憋足了劲，从最拉分的数学开始努力。她把数学卷子做了一沓又一沓，演算纸写完一本又一本。

欢欢专门做了个错题记录本，她会把经常算错的那类题记在本子上，一有空就反复琢磨，起先每次都要记好几页满满的数字，到后来本子上的错题越来越少。欢欢的成绩有了突飞猛进的提高，就在那个学期的期末，欢欢考进了年级第三名。

那个曾经默默无闻的小女生，用自己的努力证明了这个世界没有什么不可能。只有欢欢的父母知道，这个憋着一股劲的女儿到底付出了多少。其他的父母总是劝孩子多学会儿，只有欢欢的父母劝欢欢早点休息，因为宝贝女儿的努力程度令父母心疼。每天后半夜，父母都会悄悄来到欢欢的房里，把趴在桌子上睡着的欢欢抱到床上。

当欢欢已经足够优秀，拥有了众多选择权的时候，她选择成为一名记者。因为她在不断追求梦想的过程中发现，用自己的力量揭露社会的阴暗，弘扬社会的正气，更能体现自己的价值。

欢欢跟我讲，小时候很多人说她笨，只有她坚信自己并不笨，相反，在某些方面比其他人更聪明。如果当初她也听信了别人对她的评价，估计这阵早就嫁给村东头的那个“二傻子”，然后生出个“小傻子”。这辈子就这样被贴上种种负面标签。

哪还有如今所向披靡、来去如风的知名记者欢欢。

生活中从来不缺少失败者，缺少的恰恰是从失败中一次次顽强爬起的人。

你觉得离过婚的女人再嫁，会嫁得更好吗？来看看小雅怎样面对她失败的婚姻。

小雅含着泪一次次原谅出轨的老公，可最终还是被抛弃了。她离婚的理由也够狗血，竟然是因为年轻的小三有了老公的孩子，老公要对小三负责，所以离开了相伴多年的小雅，迅速投入了新欢的怀抱。

小雅离婚那年已经 35 岁，很多人都觉得她早已青春不再，离婚后顶多就是草草嫁个粗汉，然后洗衣做饭，一辈子就这样平平淡淡。但是小雅偏偏在离婚后活出了更好的自己，让所有人对她刮目相看。

离婚后的小雅在亲人和朋友的陪伴下很快走出了伤痛，迅速回到工作当中，将悲愤化作变好变强的动力。

刚好公司那段时间新入职了很多年轻的员工，小雅经常和她们一起讨论问题，小雅不仅从这群人身上感受到了年轻的朝气，同时还发现她们总能冒出些新奇的想法。

于是小雅没事就浏览年轻人经常关注的各大网站和公众号，下班后经常和年轻人一起吃饭、逛街。看到什么新奇的东西，大家都会相互推荐，虽然她们相差了近 10 岁，可是小雅和她们不但没有代沟，反而有聊不完的话题。

经历丰富的小雅偶尔也会给年轻人讲些过来人的经验，这些年轻人都十分喜欢和信服这位大姐姐。

后来，公司为长远发展考虑，裁掉了很多经验丰富却思想古板、不求转变的老员工。幸运的是，小雅不在裁员之列，相反，她还负责带领这支年轻的团队。在其他同龄人面临失业的时候，小雅因为求新求变迎来了事业的转机。

事业逐渐顺遂之后，小雅向着更好的方向改变。首先从身材开始，她报了个健身班，每天晚上下班回来，就在健身房里挥汗如雨，从不间断。

那些日子，小雅认识了很多严格管控身体、高度自律的人，她发现越是成功的人，越是拥有极强的自控力。

经过一段时间的调理，小雅的身体恢复了年轻健康的状态。成功变身的小雅，参加朋友聚会，她穿了件改良的旗袍出现在众人面前，只见她面色红润，气定神闲，大气中透着一丝成熟的韵味。小雅的装扮成功地诠释了她的名字，落落大方又温文尔雅，她立刻成为全场的焦点。

在众人的印象中，一个刚刚离了婚被抛弃的女人，应该蓬头垢面，一副哀怨的表情，以一个失败者的身份出现在众人面前。可小雅的生活状态很难让人把她和弃妇联系在一起，此时的小雅比以往更加美艳动人。

身体和思想必须有一个在路上，现在深谙此道的小雅业余时间除了看看书，就是旅行，她不再担心心爱的男人离她而去，也不必事事委曲求全。小雅终于有精力好好地爱自己，也终于有能力去做曾经想做却没有做的事。

在一次旅行途中，一位男士主动与小雅交谈，两人从各地文化聊到人生态度，聊着聊着，小雅竟然发现他们是如此有默契。那位男士和小雅分享了一首歌曲，叫作《对的人》：

昨天的坚持都还在，失去了最初的痛快，我还在时光中徘徊，很快对的人会出现在门外，我们会有美好的未来……

舒缓的歌曲恰好击中了小雅的心扉，后来，小雅每次远行都不再是一个人，她有了契合自己的另一半。知道小雅男友的背景后，我整个人都惊呆了，她的男友是某上市公司的副总。小雅却淡淡地回应："那又怎样，我配他绰绰有余。"

没错，如今，这样优秀的小雅的确值得好男人去爱。最爱的人抛弃了自己，小雅并没有像疯狗一样去咬人，更没有像待宰的羔羊一样祈求别人的怜悯，而是在那段辛酸的时光中不断提升自己，勇敢地接受生活开的这个大大的玩笑，然后报生活一个大大的微笑。

你一步步走进你羡慕的人的辉煌人生，会发现他们的背后都隐藏着一部辛酸史。

生活中，没有与生俱来的强者，只有经历岁月的磨炼，坚持自我，对未来怀有希望而逐渐强大的人。在顺境中不狂妄自大，在逆境中也不妄自菲薄。

不必羡慕别人，自己亦是风景！努力起来，你的故事会比别人的更加精彩！

预见未来：希望

你的能力决定你的未来

身边的阿鑫三番五次地跟我抱怨，现在他在公司不受待见，老板都把最容易的活留给他做，简直大材小用了。真是大材小用，还是能力不足？机会来临时，你真的有足够的能力抓住吗？别着急抱怨，先听听英子的故事吧。

英子又升职加薪了，入职短短三年，与她同时进入这家上市公司的伙伴还在做着单调的基础性工作，英子已经成为运营部总监，办事利索果断，万千资源握在手中，让很多同龄人好生羡慕。有次我调侃地问英子："你是怎么做到的，不会真用了什么手段吧？"

英子头也不抬，继续忙着回复客户的邮件，淡淡地答道："如果仅凭能力也算手段的话，那我使了很大的手段。"

英子这几年的努力，周围的人全看在眼里。我有时感觉英子仿佛有三头六臂一般，简直无所不能。当其他人下班后和情侣花前月下、你侬我侬时，英子在空旷的办公室里一遍遍修改着方案。当闺蜜周末在商场血拼、累得走不动路时，英子拖着沉重的双腿一家家地拜访着客户。在其他人在家看某娱乐节目笑出了眼泪时，英子为了重要的提案翻阅近千篇资料熬红了双眼……

再看看阿鑫，人生不能没爱情，娱乐节目期期不落。

如果你觉得你的能力还不行，用不着气馁、哀怨，你只是还没有努力到那个程度。

曾经的英子只是个不自信的小姑娘，非名牌大学毕业，学习成绩也并非名列前茅，对未来有着期许，但更多的是迷茫。

英子大学时谈了个男友，两人一起计划着未来。幸运的是，毕业时两人在同一个城市工作。很多人都认为他们最后结婚成家是理所应当的事，平平淡淡的幸福小日子就在眼前。

然而英子的生活却因为工作上的一个失误而改写。一次企业竞标，由于英子上报的数据与实际不符，给公司带来了很大损失，所以公司最后决定开除英子。伤心的英子想离开 A 城市，但男友不肯，还埋怨英子太无能。万念俱灰的英子与男友大吵，最终选择分手。

此时的英子一无所有，来到 B 城市，暂住在我的闺房里。那一天，英子紧紧抱住我号啕大哭。她说她非常后悔，后悔没有足够的能力去过她所向往的生活，后悔没有足够的能力去爱她所爱的人。

如果你不去尝试，永远不知道自己有多大的能力。

经过了严格的考核，英子终于找到了如今工作的上市公司，从一名实习生做起。说好听点，那叫实习生，说直白点，其实就是个打杂的。

她每天要掐算好时间给她的直属领导泡一杯香浓的咖啡；要在会议上快速记下会议内容，在会后进行详细分析；要帮同事统计数据表，送文件。虽然都是些琐碎枯燥的小活，但英子却把它们当作提升自己能力的机会。她牢记上一份工作失误带来的教训，在哪里跌倒就在哪里爬起来，再不起眼的小事都不能掉以轻心。

都说 21 天可以养成一个习惯。英子在不断积累中养成了一个又一个好习惯。有句话说得好，你身上有万丈光芒，在哪里都会闪闪发亮。在一次会议上，大 BOSS（老板）听着各部门领导的报告频频摇头，所有方案都不是大 BOSS 想要的。英子坐在最不起眼的位置，照例做着会议记录。

她酝酿了好久，终于鼓足了勇气，镇定自若地站起来。

“各位领导，我是一名实习生，作为公司的一名员工，我也有责任让公司变得更好。我来公司虽然没有太长时间，但是通过这段时间的观察和学习，我也有一些想法想分享给各位领导……”

瘦弱的英子面对诸位高层齐刷刷的目光，把平日里积累总结的方案演示出来，里面包括近几年甚至具体到月的销售数据。她有理有据地将数据中隐藏了哪些信息、下一阶段为提升业绩可以搞哪些活动、其他竞争企业的优势与劣势及应对措施，娓娓道来。

因为这次会议，所有高层都认识了这个厚积薄发、能力不凡的英子。英子之后的晋升之途一路平坦，她终于拥有足够的能力过自己向往的生活，更有足够的能力好好爱自己。

面对众人“年轻有为，能力不凡”的夸奖，英子心里很明白，哪有什么能力不凡，只不过是努力程度到那儿了，能力自然也就有了。

英子相信，即使没有那次会议，自己也会很快崭露头角。因为经过烈火燃烧的淬炼，英子已经把自己烧制成了一把锋利无比的剑，到哪里都是冲锋的利器。

能力强的人，在哪里都会得到机会。前提是，你得有能力！

是的，有能力的人才会拥有更多被爱的可能。现在的英子在新的岗位面临着新的挑战，日子过得充实而又丰富多彩。最近她接受了爱慕者的表白。男方是自主创业的青年才俊，家境殷实，为人谦和低调，做事稳重，被英子洒脱的性格、积极上进的做事态度和睿智果敢的办事风格深深吸引。婚期都已经定了，看着爱情事业两不误的英子，我真的很替她高兴。

很多人说英子命好，总有好机会垂青，总有贵人相助。其实是英子现在的能力与能力的积累，决定了她的未来。作为女性，谁都想有个好归宿。那么多当红女星挤破头要嫁给富豪大亨，但是有几个能如愿，能以豪门太太的身份过长久？

单靠漂亮脸蛋真的行得通吗？你想通过嫁豪门过上奢华生活，但你以为那些富豪都是傻子吗？人家能当上富豪，自然比你精明百倍！

你没有相应的筹码，没有足够的能力，连豪门的门都别想进。他现在宠你，只是因为你正青春，若是你还不一步步积累提升你的能力和价值，等到哪天被玩腻了，被抛弃了，连哭都找不着地儿。

当然也有凭借自己的能力，让婆家视若珍宝的。比如说跳水女王——郭晶晶。在众多豪门阔太中，我最羡慕郭晶晶的生活方式，我觉得数她过得潇洒自在。她不必穿着艳丽却风华自现，她不必浓妆艳抹却走到哪都是焦点。富豪太太有很多，但有能力让中国的国旗在万众瞩目中数次升起的富豪太太，只有郭晶晶一个！

还记得当初郭晶晶出嫁，香港很多媒体报道“郭晶晶下嫁霍家”。注意！是“下嫁”，她没有高攀！一个女人凭借自己千万次的努力为国家带来荣耀，凭借自身的能力让如今的丈夫成为自己的狂热粉丝，又在婚后依旧保持自我。这样的婚姻才能长久，这才是众多年轻女孩应该学习的榜样。

未来把握在你的手中。现在的你，机会来了，你有能力把握住吗？我以前的一位同事晓谭，自认为能力比天高，总觉得别人让自己做什么都是屈才，以致做什么都不够细致用心，流于表面。

别人加班到深夜。他说那是没能力的表现，他这么有能力，办事效率这么高，才不会那样傻傻地加班，加班都是给领导看的，以他的能力完全不需要用这种方式讨好领导。

别人每天一封邮件，经过了好几个月的努力，终于成功邀约到一位名人做访谈，而且访谈非常成功。他说那是别人撞大运，换成是他，几次就能成功邀约，一定做得比现在好。

别人升职加薪。他极其不爽，总是背后跟同事念叨："领导真是瞎了眼，给他加薪都不给我加。我这么有能力，难道领导看不到吗？"

单位新来的实习生每天最早到办公室，打扫卫生、整理文件、学习访谈技巧，他非但没有紧张感，还说实习生笨鸟就得先飞。

他是典型的眼高手低，还整日一副怀才不遇的样子，感觉全天下都负了他。

有一次，单位举办夏令营活动，要选出一位活动总策划。领导最初瞩意的人选是晓谭。到了真正有事情让晓谭挑大梁的时候，他就开始退缩，什么事都推给别人。“要是做不好，领导一定觉得我能力不行，同事也一定会笑话我。”晓谭的内心戏那个足啊！我有时真感觉，他没当上影帝真是白瞎了。你又不是演员，干吗那么在意别人怎么看你，况且大家连手头的工作都忙不过来，哪有那么多时间去看你的笑话。他有时还真是把自己想的太重要了！不是觉得自己有能力吗？那倒是上啊！哪个地方不明白就去和领导沟通啊！哪个方面不擅长，就去找同事请教啊！

可是一向自诩有能力但怀才不遇的晓谭竟然拒绝了！

我们其实都知道，这次的活动是很累的，平时的工作量已经够大了，这就意味着要牺牲自己的休息时间，同时还要说服别人也牺牲休息时间来排练一些节目。

记得那次我主动请缨，虽然战战兢兢，但我希望通过这次活动有所收获。可是晓谭说我的能力根本不适合当总策划，我根本什么都不懂。如果他出马，哪里能轮得到我。

多亏了他的刺激，激发了我的斗志。不是说我能力不行嘛，我偏偏要做出个样来！没有组织活动的经验，我就直接去找总监，先去问问往年夏令营都是什么样的形式，从总监那里获得一些宝贵的建议。

至于活动中节目的编排等问题，我从每个部门中选出一位负责人，随时和他们沟通，而地点的选择、游戏的设定、串词的编写、舞台的设计、活动的主持，我都亲力亲为。活动的前一天，别人都对活动万分期待，我心力交瘁，精神高度紧张，真希望眼睛一闭一睁，活动已经顺利举办完了。

好在活动过程中虽然有些小插曲，但总体反应很好，大家都玩得很嗨。当活动在万众瞩目下谢幕的那一刻，别人收获的是欢笑，而我获得的是可以把下一次活动办得更好的宝贵经验和能力。

对于员工来讲，这只是一次单纯的、可以放开玩的夏令营活动，而对于领导层来讲，这是一次挖掘员工潜力的机会。

领导其实一直默默观察我做某件事的细节和对整个过程的处理，他们要培养的是有统筹能力和执行能力的优秀员工。

所以说踮起脚尖，才能更靠近阳光！

一次夏令营活动，仿佛打开了我进取的大门。从此晓谭不屑于做的事，我主动去做，而且力争做到完美。

最后的结果可想而知，年终评选时，我成了站在领奖台上手捧鲜花、发表获奖感言的那个人，而晓谭却坐在台下，被淹没于茫茫人海，默默鼓掌。

有能力，并不代表每天都要带一副怀才不遇的表情，也不见得要飞扬跋扈彰显自己的本领！有能力的人，往往更懂得低调谦逊，更能抓住稍纵即逝的机遇，更懂得在上战场前，磨好手中的利剑！

能力强者的生活，各有各的精彩；而能力弱者的生活，却有着相同的自怨自艾。“遇到事情就抱怨，负能量爆棚，总感觉自己怀才不遇、壮志难寻……”这是能力弱的直接表现。如果你身上有这些问题，请及时纠正；如果你身边有这样的人，那么请立刻远离。

也许你会说，我知道能力对未来的发展有多重要，我也羡慕人家在职场上叱咤风云。人家不是家里条件好，就是头脑非常聪明，咱跟人家比不起啊！你只是看到了他们风光无限的一面，他们为此在背后偷偷付出的努力，你真的看到了吗?

能力，其实只是你努力程度的一个缩影。

临渊羡鱼，不如退而结网！与其羡慕别人的果断干练、睿智练达，不如从此刻起，拿起角落里已经落满灰尘的书，重新燃起那颗求知的心。拿出我们应有的做事态度，想想当初那个踌躇满志的自己，只要你对未来还抱有希望，从此刻起还不算太晚。

希望我们都可以成为处处散发光芒的英子，而非那个眼高手低的晓谭！

你的能力决定你的未来，你的积累奠定了你的能力！此时此刻，如果机会摆在你的面前，你想好该怎样做了吗?

朋友的档次就是你的高度

小雅简直就是大家眼中的励志女神！

有谁会想到曾经那个做着基层工作的小女孩，如今摇身一变，成为某餐饮集团华北区的副总，经常出入各种高端宴会、商务洽谈，没事儿就和我们喜爱的明星见个面，或者和哪个公司的 CEO 聊聊天。这些事对小雅来说简直是家常便饭。

小雅的变化也算是翻天覆地了。大家都很好奇她是如何一步步实现华丽蜕变的。其实根本没有什么幸运天使的眷顾，就只有一句话：通过不断提升朋友档次，不断提升自身的高度。刚刚进入公司的时候，小雅刚大专毕业，经理雪姐看她相貌不错，人也蛮机灵的，就给她安排前台的接待工作。

小雅特别会察言观色，她观察到经理雪姐在管理方面游刃有余，待人接物恰到好处，人际关系处理得八面玲珑，而且学识很渊博、谈吐不凡。小雅十分欣赏这样的人，她也梦想有一天能成为雪姐一样的女强人。于是她每天都会给雪姐带早餐，没事就找雪姐请教问题，偶尔也会和雪姐聊聊自己对某件事的见解。

雪姐见她勤奋好学，不像其他女孩子整日只知道打扮，又是一个人在外打拼，便会有意无意地多照顾她，在平时的工作和生活中教会她很多做事的方法和做人的道理。小雅一步步稳扎稳打，不断朝着梦想的样子努力着。

年后从老家回来，小雅从东北带了人参、木耳、松子、榛子，满满两大兜子的特产。春运时火车上人挤人，小雅却死死护住那两个大兜子，因为这是她要送给雪姐的新年礼物，以此来感谢她对自己的指导和关照。

小雅气喘吁吁地提着大包小包，还没来得及回自己的住处就去找雪姐。雪姐发现小雅执着的表情像极了当年的自己，又被她诚挚的心深深打动。经过长时间的相处，雪姐待小雅像亲妹妹一般，私下里的朋友聚会都会带上小雅。通过聚会，小雅发现雪姐的朋友各个了不得，有海外归来的，有名牌大学的博士，还有“征战沙场”的商业精英。优秀朋友带给自己的影响，远比一个人默默地读那些成功学的书籍学到的更多。

雪姐告诉小雅，她之所以能不断地提高自己，多亏结识了一些优秀的朋友。雪姐曾经在企业培训时听到的一句话，让她醍醐灌顶：“细细算算你身边和你关系最近、互动最多的 6 个朋友，他们的平均工资就是你目前的薪资水平！”

小雅注意到了朋友档次的重要性，从此在提升自身能力的同时，分出了一大部分精力去结交新的、比自己能力更强的朋友。优秀的朋友又把她带到更高等级的朋友圈。小雅积极上进，经常求雪姐介绍新的朋友给自己认识，于是雪姐便把小雅介绍给她的朋友。小雅感觉自己仿佛进入了满是武林高手的武林大会，从博士那里学习理论知识，从商业精英那里了解市场法则，从海归那里感受国外先进的服务理念。小雅将各种“奇招”融会贯通，变成自己的丰富阅历。

一次，总部领导约一位重要客人在华北区谈合作，小雅负责接待。由于天气原因，领导航班延误，小雅主动和客人聊天，从品牌塑造聊到国外先进的服务案例，小雅的谈吐令客人万分惊喜。客人心想：“这个公司真是卧虎藏龙，和这样优秀的企业合作，一定可以达到共赢。”

等到总部领导到达华北区时，客人喜笑颜开，没多费口舌，就签了 3 年的合作协议。客人连说：“贵公司连前台接待都有如此高的造诣，这从侧面印证了公司的实力。相信我们今后的合作一定会很成功。”

经过各方面考核，小雅的综合能力非常强，被调到总部做董事长助理。小雅深切地预感到，她的朋友圈即将再一次升级。

幸运的是，小雅没有辜负雪姐的期望和栽培，借助董事长助理的身份结识了很多世界 500 强企业高管，朋友的档次实现了“鲤鱼跃龙门”般的提升。后面小雅不断晋升的故事可想而知。

凭借多次朋友圈的提升，小雅完成了人生的华丽转身！

“与善人居，如入芝兰之室，久而不闻其香，即与之化矣；与不善人居，如入鲍鱼之肆，久而不闻其臭，亦与之化矣。”如果当初的小雅安于现状，身边全都是一些没有梦想、得过且过的朋友；如果她没有主动进取，从雪姐那里开始实现人生的第一次朋友圈升级，那么此时的小雅应该和旁人无异，可能会成为一位具有几年经验的接待员，每月拿着 2000 元的工资。到青春不在时，有更年轻的人来顶替她的位置，或许早已被淘汰。

为什么很多企业家已经非常成功，还是想去商学院进修？提升知识层面只是一个原因，更重要的是与其他知名企业家成为同学，进而发展为朋友，结交更多的行业精英，这才是他们的最终目的。

当有一天，你的朋友档次提高了，那么恭喜你！你已经和他们一样优秀了！物以类聚，人以群分！多么直白的一个道理。朋友的档次直接决定了你的高度。

这让我想到了丽丽、米兰和阿庆的经历。

昔日玩伴久别重逢，本应该是件高兴的事，可是这次聚会却让米兰感到尴尬十足。丽丽、米兰和阿庆小时候是最好的玩伴，曾经好到恨不得穿一条裤子。多年未见，她们都有很多话想要聊，如今见面却怎么都聊不到一块去。

丽丽、米兰和阿庆三人同一届参加高考，丽丽顺利考上某所大学医学专业，米兰和阿庆没有发挥好，米兰选择重新复读一年，阿庆选择留在老家的镇里直接就业。

三个人,三个生活圈,三种生活轨迹,三种截然不同的人生。

第二年，经过再次高考，米兰终于考上了自己向往已久的传媒大学，学习新闻专业，因为做一名记者是她从小的梦想。大学可以开阔人的眼界，在大学里能结识很多朋友，当然也包括授课老师，而授课老师给学生的帮助和影响往往会更大。米兰和各个学科的老师关系都处得非常好，她想去电视台实习，就找老师帮忙介绍。别人费了半天劲都搞不定的事，老师一句话就帮她直接搞定。

到了电视台，米兰负责跑民生新闻，她抓住各种和前辈接触的机会，终于和电视台工作人员打得火热。前辈们经常告诉她一些干活的技巧，米兰总能最快学到采访、拍摄、剪辑视频的精髓。

后来，米兰负责《企业之窗》栏目，采访当地的成功企业家。这么好的机会，米兰怎么可能只是做做采访。有心的米兰在采访后，经常和这些企业家联系，还会在节日拜访他们。一来二去，她和很多企业家成为朋友。有的老板有时想找另一位老板谈事情会通过米兰约对方见面。

米兰的价值通过朋友档次的提升逐渐显现。毕业时，当其他同学还在四处求职时，米兰已经收到了多家知名企业的邀请。后来，米兰又去当了境外驻地记者，结识了多个国家的大使，增长了见识，还有机会参加一些政要的采访。一些一般人不敢想象、感觉离生活非常遥远的事情，切切实实地发生在米兰的身上。

三个人中最早就业的阿庆，如今已成为两个孩子的妈妈。她头发略显凌乱，虽然才年过三十，脸上却清晰可见岁月留下的痕迹。三个人聚会聊天，阿庆一直在抱怨物价太高，孩子太操心，丈夫的某些习惯让她受不了，生活处处都不顺。她现在在家做全职太太，跟外界彻底断了联系，想出来工作，只能打打杂，一个月最多挣 1000 多块。

“当初真的应该多和外界接触，如果像米兰一样多交一些优秀的朋友，多学一些东西，也许我现在的境况会大有改观。”

阿庆懊悔地说。

一旁的丽丽现在在一家医院做护工。丽丽所在的大学也算是相当不错，她那么高的起点，却混成了如今的样子，不免让人有些惋惜。这和丽丽的性格有很大关系。丽丽从小便喜欢和自己能力相当的朋友在一起。她总感觉和太优秀的人在一起，会有压力，有压迫感，浑身不自在，因此丽丽身边的朋友不是和她差不多，就是还不如她。大学时丽丽结交的还是这样的朋友。她学医学专业，本来需要大量的医学知识和实践经验，也需要不断考取资格证书，为今后的就业奠定基础，而丽丽身边的朋友，大多本末倒置，为了做家教经常逃课，该学的知识一点没学到，该考的证书也没考，总觉得今后还有很多机会。丽丽也跟着这些朋友一齐胡闹，一天天得过且过，浑浑噩噩，太多精力都没用在提升自己上。

就这样，她虚度了大好光阴，错失了最佳的机会，现在只能在医院做临时护工，工资微薄，前途一片迷茫。

与不如自己的人交往，确实能得到一些心理上的满足，在他们面前，会有一种优越感，但是久而久之，不及时提升朋友的质量，你的水平只会每况愈下。

这就和下棋、打球一样，如果你的对手水平不如你，那么你永远不会进步！比尔·盖茨也说过这样一句话：“有时决定你一生命运的，在于你结交了什么样的朋友。朋友如衣服，当自身的体态已经基本定型，只有不断更新衣服的品质，穿上更高等级的衣服，不断提醒自己保持身材、保持形态，让自己不断精彩示人，才能彰显出你的品质！”

这样做并非势利，你不想放弃现在的朋友，那你们就约定好一起努力，前进的路上，相互扶持和陪伴，这不是更好吗？

也许你会说，那我想和优秀的人交朋友，我能力又不如人家，人家凭什么跟我交朋友啊？你每天这样坐以待毙，能等到优秀的人教你成长吗？你只有能力不断出众，才能结交更多优秀的朋友。

沉醉在可怜的优越感当中，只会给你一时的快感。你需要重新认识你自己，重新审视身边的朋友。那些消极懈怠、不思进取、总会把坏情绪传染给你的朋友不要也罢！多观察一下，那些做事缜密、在某些方面有所作为的人，他们是怎样做的。

好好看看，同样是过一天，为什么人家就过得那么充实精彩。同样是人生，为什么别人步步高升，而你却只有羡慕的份儿？

交什么样的朋友，就有什么样的人生。加入小鸡的队伍，终日啄食，还是加入到雄鹰的战队，振臂一挥，划破长空？这要看你的选择。

除了梦想，你还有什么？

我们都曾有梦想，梦想挣很多的钱，梦想被心爱的男生认可，梦想考上一所重点大学，梦想拥有一份体面的工作……

人总有惰性，常常不自觉地犯了懒，贪玩畏难。就在我们想尽各种办法逃避辛苦、躲开难关的同时，命运残忍地关上了一扇扇通向梦想的门。

有梦想的人是幸福的，但是有梦想却什么也不做的人却是可悲的！

小南最近正和阿健闹离婚，这在所有人的意料之中。人们都说“宁拆一座庙，不毁一桩婚”，可是小南的朋友都建议她早点离婚。

为什么这么说呢？你看看阿健现在的生活状态就知道了。

一个只会喊着追求梦想、却需要妻子打两份工还房贷、自己却整天在家什么也不做的丈夫，哪个妻子都会选择和他离婚的。

阿健是一位按摩师，之前在一家颇具规模的理疗店工作。平日里虽然挣的都是辛苦钱，但努力下来收入还比较可观。可是阿健并不满足于一辈子给别人打工。阿健经常对小南说，这样给别人打工太累，而且不能实现他自己当老板、做一位自由按摩师的梦想。

有梦想，总归是件好事。小南表示等时机成熟了，她会支持阿健实现他的梦想。可是阿健在没有做好任何规划的情况下，就毅然选择了辞职。

起初，阿健手里面还有几个客户，阿健想："有客人的话，就让客人来自己的家，这样既省了店面费，还可以坐在家里赚钱。"妻子小南却不太同意，自己家在6楼，又没有电梯，一方面客人来回爬楼梯不太方便，另一方面家里宝宝刚一岁多，正是满地乱爬的时候，这对客户和家人来说都不太好。阿健听了非常生气："你怎么就不能支持一下我的梦想呢？"经过协商，小南为了支持阿健所谓的梦想无奈妥协了，同意阿健把他们的小家变成创业的根据地。

将梦想付诸行动，生活就会充满各种可能。若梦想只是空谈，那冥冥中结局早已注定了。

阿健就坐在家里，拿着手机，时不时刷下微信，等待客人到访。那模样简直像极了传说中的姜子牙直钩钓鱼，坐等愿者上钩啊！

一个多月过去了，没有一个人来找阿健。上有老、下有小，还有每个月压得让人喘不过来气的贷款，再加上一个整天在家做梦的丈夫，小南只好咬着牙下班后再打一份工，来还房贷，贴补家用。

筋疲力尽的小南劝阿健，先去找份工作，开店和当自由按摩师的梦想要一步步地来，只有脚踏实地去做，积累经验、拥有更多客户资源及足够的资金，才有实现梦想的可能。

阿健偏执地不同意，总拿梦想来搪塞，还说已经想好了方案，接下来会到客人家里按摩，服务上门，简单方便。看阿健那么坚定，小南想着万事开头难，这段日子忍忍也就过去了。

接连几个月过去了，还是没有一个客户要求阿健上门按摩。

阿健整天在家拿着手机，不停地刷刷刷，一会儿分享个“按摩对身体的好处”，一会儿和意向客户在微信里打招呼。

可阿健的腿仿佛被灌了铅，就是抬不起来，走不出去。有那在家闲聊的工夫倒是出去跑跑市场啊！哪怕给人发发传单也总比在家里瘫着强吧！难道整天门都不出，客户就会噌噌往你家跑吗？哪有不劳而获、天上掉馅饼的好事？就算是掉了馅饼，拜托，你也抢不过狗啊！

小南回家后会问阿健创业的情况，阿健总是不耐烦地说：“你总要给我点时间吧，一天天就知道问我催我……”

小南无奈，只能一个人默默地擦眼泪。此时的小南仍对阿健抱有一丝希望，也许是他最近压力太大了呢，追求梦想的路上哪有一帆风顺的？小南总是这样安慰自己，再给自己加油打气：坚持就是胜利。

让小南彻底心灰意冷的是，小南拖着疲惫的身躯，回到家却一口热饭都吃不上，还得收拾屋子，洗洗涮涮；反观阿健一天天舒舒服服地躺在家里，聊着微信，刷着朋友圈，美其名曰“正在创业、实现梦想”。

小南让阿健帮忙挂一下刚洗完的被单，阿健在玩手机；小南让阿健哄哄孩子，阿健在玩手机；小南让阿健去楼下买些日用品，阿健还在玩手机！他还振振有词地说：“正在联系客户。”

难道给最亲近的人做顿饭会阻断你实现梦想吗？难道追求梦想就不能体谅一下最亲近的人的感受吗？简直就是披着梦想的外衣过着懒癌患者的生活！

后来，小南下定决心与阿健离婚了。阿健在哭求无果后，只能无奈表示：在自己最低谷的时候，最亲近的人离开了自己。他硬生生把自己塑造成一个为理想孤注一掷、在创业初期最艰难的时刻失去最爱的可怜形象。

到最后阿健都没有明白，小南离开他并不是因为他现在分文不挣，而是因为他明明身处低谷，却不想想怎样触底反弹；他口口声声追求梦想，还没见到梦想的模样，就已经落荒而逃。这样的人生注定是失败的！

真正追求梦想的人，往往敢于迎风奔跑，而不是转身逃跑！

真正有梦想的人，在为一个目标而努力的同时，并不会把生活弄得一团糟，相反，他们的人生万分精彩！

如果阿健知道悠悠追求梦想的过程，一定会羞愧难当。悠悠从小有两个梦想：一个是做一位才思敏捷的主持人；另一个是做一位妙笔生花的作家。大学里有很多活动，悠悠每次都很想主持，可是每次选主持人，人们首先要看的就是身高。身高不足 160 厘米的悠悠，还没有张嘴，就被淘汰了。悠悠觉得很受伤。

悠悠心想，锻炼自己不一定非得走上舞台，可以选择用声音传递美好的广播啊！于是她毅然加入了校园之声广播，并且一期不落地承包了大学四年的广播节目。

大学宿舍里几乎人手一台电脑，其他同学还在追韩国偶像剧，一口一个“欧巴”时，悠悠已经通过各个网站查询搜集优秀的广播栏目，学习栏目的策划，学习沟通交谈的技巧，然后自己再研究摸索，开辟新的栏目。

由悠悠创办的每天中午十二点准时开始的音乐类节目《点击祝福》，从一开始就受到热烈追捧。因互动性强，相当接地气的风格，它已经成为校园沟通的首选平台。其他院校的同学都会通过这个栏目来给本校的同学送祝福，这档栏目已经成为该校的一个标志栏目。

悠悠知道，这只是她梦想开始的第一步，要让梦想照进现实，不能因为这点成绩就沾沾自喜。后来，悠悠又乘胜追击打造了一档文化类栏目《读书导航》，给大学生推荐很多优秀的书籍。

要想把好的东西分享给大家，自己就要对推荐的书了如指掌，并有独到、深入的见解。于是悠悠一有空就泡在图书馆，每阅读一本书都认真做好读后感，一本、两本、三本……通过悠悠的口，传递给同学们的书籍越来越多，悠悠也逐渐从当初那个懵懂的女孩，成长为梦想中的模样！

大学毕业后，悠悠顺利成为一位晚间频道的电台主播。她没有荒废白天的时间，向第二个梦想——“成为一位出色的作家”进发。当你的内心充满希望的光、充满梦想的力量时，你会深切感到，全世界都在为你让路！

白天，悠悠在一家杂志社实习。策划专栏、人物邀约、人物采访、后期撰稿，所有事情都需要她一个人从头到尾完成。

与她同时进入单位的还有两个人，小 A 和小 B。杂志社起初打算通过 3 个月的观察，让 1 个人转正。小 A 是个非常活泼开朗的女孩，名牌大学毕业，学历高，样貌也不错，但是做事总是挑挑拣拣，喜欢挑省事的、自己擅长的事情做。小 B 文采出众，但家里总有一大堆的事需要他，他三天两头请假。

一次，小 B 因为家里的事又请假了，眼看到了截稿日期，悠悠本来一个人同时采访两个重要客户，杂志社的领导实在不忍心再给悠悠增加工作量，于是让小 A 继续做小 B 手里的工作。小 A 果断拒绝了，说男朋友这几天来看她，没有时间加班。

本来第二天一大早，悠悠还有个采访，杂志社怕她吃不消，打算让小 A 代替她去。悠悠忙说："没关系的，我相信我一定可以做好的。"就这样，小 B 的工作又落到了悠悠身上。

第二天一大早，悠悠提前出现在办公室里，她的眼里布满了红血丝。因为昨晚要到电台录制节目，随后又加班加点地编写杂志。虽然疲惫，但悠悠很喜欢这种向着梦想一步步前进的生活状态。

不就是多了些活吗？悠悠撸起袖子，拿出了“老娘跟你们拼了”的架势，从纷繁复杂的工作里理出了条头绪。接近黎明，悠悠眯了一会儿就匆忙赶到单位，只为能更加充分地准备早上的采访。

悠悠背起相机，拿起采访本风风火火地奔向了采访对象。此时的悠悠虽然没有刻意打扮，但朝梦想进发的样子却格外的美！

后来，同一批次的实习生，杂志社只留下了悠悠。

事实证明，无论到哪里，踏踏实实干活的人才最受待见。再后来悠悠因为一次偶然的机会，到云南的某个山区做调研，看到了山区的孩子上学要跋山涉水，生活条件极其艰苦，但孩子们的学习成绩很优异，他们的眼里充满了对未来的希望，这群孩子的梦想就是走出大山！

悠悠很受触动，带头做了公益，通过自己的力量带动更多的爱心人士，资助了很多贫困家庭。

如今，悠悠成了主持人里最有底蕴的，作家里最善于表达的人，她终于变成了梦想中的样子。悠悠偶尔也是被采访的对象。被问到是怎样一步步实现梦想时，悠悠总是说："至少我努力了，剩下的就交给时光吧。"

你之所以总在抱怨梦想的实现有多么的不容易，是因为你还没有为梦想付诸行动。只有主动地向这个世界抛出橄榄枝，才会发现这个世界也在某个角落里偷偷地爱着你。

空想百天，不如实干一日！回首望望现在的自己，可曾是你梦想中的样子？而此刻的你，除了梦想，还要拥有更多。

只有努力的人才焦虑

同学会上，酒过三巡，小周不屑地对我说："在外面有什么好的，生活压力那么大，人活得那么焦虑，整天有干不完的活，办错事被老板劈头盖脸一顿骂……还不如我们，在县城舒舒服服，身边都是亲戚朋友，有啥事一个电话搞定，安安逸逸地享受生活多好。"

小周的话有一点我很赞同，我们的确会感到焦虑，但是这种"焦虑"是经过努力后懂得自己的不足，向更优秀的道路迈进所带来的焦虑。

焦虑更像是一种"富贵病"，并非人人都有。一个整天不思进取、坐井观天的人，你跟他谈焦虑，那还不如对一头牛来弹琴!

这个小周，是我小学同桌，与我有很深的渊源。他家在我们那算是小康家庭，所以他从小就有一种优越感。焦虑对他来说，是一个陌生的贬义词。

小时候，我家里没有钱，本子都是正面写完，背面再写。我每次写字都特别认真，生怕写错了，浪费本子。每学期发了新书，我都会用旧报纸把书包起来，在书上做笔记时都小心翼翼、工工整整，因为这是我唯一可以逃脱贫困处境的小天地。

小周从来都是大笔一挥，写错字了就直接把那页撕掉。每次听到刺啦一声，我的心就好像被揪了一下。每到期末，小周的书前几页和后几页早已经不知去向，而我的书摘掉外面的旧报纸，还是新发下来的模样。

很多个晚上，我都梦到相似的场景。我梦到自己参加改变命运的考试，却怎么走都找不到考场，待费尽周折，浪费了很多时间找到考场，拿起试卷，却发现一道题都不会。

这对渴望通过知识改变命运的我来说，简直是最大的噩梦。每当我遇到难题，想要放弃时，梦里的场景就会出现在我的脑海里。于是我便静下心来，不断提醒自己，一定要在上战场前，做好万全的准备，这道题考试时可能会出，不能因为这个难题就阻断了我前进的脚步。

正是这种焦虑带给我对知识的渴望，同时培养了诸多伴随我一生的好习惯。

到了初中，我读了一所私立的封闭式学校。能上这所学校的学生有两种：一种是学习成绩相当好的；另一种是交了很多钱的。我很荣幸成为第一种，并且学校免除了我所有的费用，小周恰恰是第二种。

初中的生活对我来说仍然是单调的学习，对小周那样的人来说每天都有不同的游戏和乐趣。也许是从小家庭条件不好，在这些家境阔绰的同学面前，我有些自卑。平时不太爱和他们一起玩，很多时候，我都会一个人静静地坐在那里想事情。

那时，我常常会想，为什么人和人的差距如此之大？我那么努力才换来了和家庭条件好的同学坐在同一间教室，和他们住一样的房间、吃一样的饭菜。这也说明，只要我努力，有一天我一定可以和他们一样拥有优渥的条件，让家人过上向往的生活。每想到此，我便浑身都是动力！

后来，我考上了县重点高中，又考上了很多人都羡慕的A大学，而小周读了在家附近的专科院校，继续优哉游哉地享受、浪费着青春。此时的我没有了往日的自卑，却有着同样的焦虑，因为我知道，这只是我人生中万里长征的一小步。

多年后再相见，我不再是那个一张纸正反面都要写满字的穷学生，小周在我面前也不再是有着先天优势的贵公子。我们有着不一样的谈吐，不一样的思维，不一样的见识。我谈企业融资，他告诉我怎样拍领导马屁最灵；我说想去国外进修，他说我整天折腾个啥劲……我依然在前进的路上焦虑，他继续挥霍着所剩无几的青春。

优秀的人同样会感到焦虑，因为他们想变得更加优秀。因为工作的机会，我接触到了我的偶像——某著名节目主持人小白，同时也是如今大火的某栏目制片人。我之前觉得像他那么优秀的人应该不会经常忧虑。熟悉之后小白跟我说，在节目筹备阶段，他整晚都睡不着，一方面是因为兴奋，另一方面是怕准备不充分，哪个环节会有疏忽。

临睡前，小白都会在脑海里一遍遍地过着流程，就像过电影一样，有了新的好想法他会立马爬起来记在本子上。

可能是有一定压力，小白梦到节目开拍后，一位重要嘉宾没有来，全场都傻了眼，把小白吓得出了一身冷汗。他立刻有了每期节目做出两套方案的想法，并且在节目开始前确定好嘉宾的行程，将一切失误和风险降到最低。

一次，梦里的情况真发生了，提前约好的某嘉宾在节目开录前感到身体不适，被紧急送到了医院，这一临时变故并没有让小白乱了阵脚。小白立刻启动第二方案，忙而不乱地把控着每一个环节。看到小白镇静自若，仿佛诸葛一般运筹帷幄，顿时，我觉得他格外的耀眼，这就是我学习的榜样，这才是我的偶像！

当晚的节目，因为准备充分，观点独特又让人倍感温暖，收视率一路领先，独揽各大媒体头条。当台领导竖起大拇指，当观众看完那期节目留下几千万条评论，当整个团队抱在一起欢呼时，那一刻，他觉得平时再多的焦虑、再多的付出都是值得的。

焦虑其实是人在适应环境的过程中自然产生的一种应激情

绪，只要适度，便可以激发人的无限潜能。正如一句广告语所说的“你的能量超乎你想象”。

这让我想起了刚参加工作时，有一次集团举办演讲比赛，为了锻炼自己在众人面前的表达能力，我也报了名。当时的我特别容易紧张，十分担心站在台上说着说着会忘词，大脑一片空白，于是在演讲稿修改了不知多少遍后，我开始了漫漫背稿之路。

白天忙工作没有时间，我就每天晚上回家背，一遍又一遍地练习，有时感觉说话太多，脑袋有些缺氧，说得嘴唇都有些发白。这种场景特别像周星驰演的《九品芝麻官之白面包青天》里的候补知县包龙星，为了练好口才除恶扬善，每天对着河水“吧啦吧啦”，最后练到波涛翻滚，水里的鱼都飞到了岸上。

我的室友向我表达了严重的不满，抱怨说我练的他都会背了，求我别再念经了。可是我一想到还有几天就要站在台上，站在好几百人面前演讲，还是会有忘词的焦虑，我就决定继续背诵。哎，没办法，笨鸟先飞吧，只能委屈一下我那可怜的舍友了。

比赛前几天，我用手机给自己录了像，仔细分析每一句的语气，配合的动作，手伸出时要抬多高，哪句话说完要有几秒钟的停顿……那几天的我仿佛着了魔一般，室友说我患上了赛前综合征。

你有时会感到焦虑，说明你对这件事很用心。不用逃避这种焦虑，把它变成努力的行动，相信你很快就能享受这份焦虑所带来的成功！

原本想着不要在台上出丑就行，所以我一遍遍反复琢磨，最后却有了意外收获！我是最后一个上台，于是我仔细听每一位参赛选手讲的内容，觉得说得好的就自发鼓掌，看到有选手定在那里忘词，尴尬得直瞅天花板，我就在心里默默感谢这么多天一遍遍反复练习的自己，不然此刻出丑的肯定就是我了。

在大家以为比赛已经基本分出胜负的情况下，我最后一个走上舞台，因为做足了准备，所以眉眼间都透着自信，就像往日里练习那般，一字一句慷慨有力，言之凿凿，掷地有声。

那次比赛，我击败了所有的对手，拿到了一等奖。部门领导对我的表现连连赞赏，集团高层对我刮目相看。接过奖杯的那一刻，我想到了《九品芝麻官之白面包青天》里为了惩恶扬善吃尽苦头、终成名嘴的包龙星；我想到了为了节目能有完美效果，精益求精、万事准备周全的制片人小白。那一天，我敢保证，我和他们一样，一定是全场最耀眼的人。

从此我便成为集团大型晚会的御用主持人，跨年晚会、粉丝见面会、企业合作、高层会谈……处处活跃着我的身影，我幸运地成为公司的对外标签，事业一步步稳扎稳打，迎来了我人生的高峰。回过头来，还要感谢这份焦虑，让我们这样苦哈哈的孩子变得卓然不群！

在这样一个时代，焦虑的人才是真正健康的、恰当地把握时代脉搏的人。

如果你也偶尔感到焦虑，无须逃避。恭喜你，你的那颗进取心还没有泯灭。只有努力的人才会感到焦虑，不努力的人只会享受安逸！

中国有古话叫作：“人无远虑必有近忧。”忧虑让我们更加懂得居安思危，在机遇来临之前不断提高自身的能力，丰盈自己的人生，而非做温水里的青蛙，在自认为舒适的水温中悠然自得，等到发现无法忍受高温时，已经心有余而力不足了，不知不觉被煮死在自认为当初安逸的环境中！

雪莱曾经说过："读的书越多，知道的知识就越多，知识越多，越感到自己以前的浅薄，因而越感到腹中空虚。"努力之人往往更容易感到焦虑，因为他们更懂得自身的不足，懂得抓住时机充实自己。他们在该拼搏的年纪，绝对不会选择安逸，而是迎风飞起！

这种焦虑当然并非让你干点什么都心神不宁，更不是内心烦躁焦虑，表面废寝忘食。真正努力的人，他们在感到焦虑的事情面前不认尿，更不认命！他们会将这份焦虑转化成前进的动力，同时一步步减轻现有的焦虑。

如果你时常感到不安，不妨将最近焦虑的事情写个清单。

现实生活中，为什么有些人明明起点比你高，但是那些人却没有想象般第一个到达终点？因为他们带着那份优越感飘飘然，在前进的路途中偏离了轨道。

就像龟兔赛跑，兔子觉得稳操胜券，中途睡了一觉，而乌龟总觉得自己爬得太慢，担心被兔子甩得太远。于是它铆足了劲，拼命一步步往前爬。跑得快的兔子让很多人羡慕，但明知自身不足，却持之以恒的乌龟才是真正的胜者。

如果人生有一次重来的机会，我还是会义无反顾地选择承受努力所带来的焦虑，而不想在堕落之后产生绝望和空虚！

你胖，就是因为你懒

佳佳面试又失败了。面试她的副经理很直白地告诉佳佳，拒绝她是因为她太胖。佳佳对此很沮丧，向我哭诉：“这家公司真是浅薄，简直是以貌取人，根本没有了解我的内在就拒绝了我。”

起初，我听到这个消息也感到非常气愤，心想找工作最主要凭的是能力，人家也不是靠脸吃饭的，而且又不是找前台接待，仅仅因为人家胖就拒绝人家，确实有些过分。后来，佳佳给我讲了面试的整个过程。她最先面试的是 A 企业，通过基本的交谈，HR 觉得佳佳很符合标准，由 A 企业副经理对她进行复试。副经理整体打量了佳佳一番，没有过多地问佳佳专业方面的东西，而是问佳佳闲暇时喜欢做什么。佳佳如实回答，平时没事，喜欢一边吃零食，一边看视频。

副经理让佳佳说出目前最满意的事情和最不满意的事情。佳佳说最满意的是自己是某名牌大学毕业，最不满意的事是自己一直想减肥，可惜收效甚微。副经理又继续问佳佳，针对不满意的事情，都采取了哪些行动来改变现状？佳佳一时被问得愣住了，心想为什么面试会问这些和工作无关的问题。佳佳说之前有减肥计划，可是因为之前的单位经常加班，每天回到家里天都黑了，所以减肥计划一再搁浅。

听到这里，我有些明白为什么 A 公司没有录取专业及能力都十分符合条件的佳佳。那位副经理更看重的是做事的行动力和持之以恒的毅力。

我劝佳佳早日将减肥行动提上日程，佳佳却总是推脱说：“不急，等找了工作再说，等各方面都稳定了再减。”就这样，减肥的事一拖再拖，直到有一天，佳佳跑来哭着跟我说，她失恋了，男朋友劈腿，找了个又瘦又高还温柔体贴的女孩，这回她真的下定决心要减肥了。

虽然失恋是件很糟糕的事，但激发了佳佳的斗志，让她痛下决心来减肥。我认为这对佳佳来说也许是件好事。斗志满满的佳佳报了个健身班，买了十分专业的运动服装，在朋友圈里连着发了好几条状态，发誓要做个瘦子。朋友圈里的人纷纷为她点赞，鼓励的话说了一大堆。至于接下来效果如何，那就得看佳佳的行动了。

起初，佳佳在微信朋友圈里十分活跃，一会儿晒张骑动感单车的照片，一会儿晒张在游泳池游泳的靓照。我开始为佳佳的改变而感到欣慰。只可惜，好景不长，没过几天朋友圈里就不见了佳佳的踪影，我当时想，也许这丫头学会低调了，没准暗地里正铆足劲节食加锻炼呢。

转眼间，两个月过去了，有一天我突然想到佳佳，便跟佳佳视频连线，看看她最近的减肥成效。我原以为我看到的会是佳佳满头大汗的样子，没想到佳佳又回到了原点，躺在床上吃着零食，看着电视。

我有些恨铁不成钢地问她：“前段时间你不是还踌躇满志吗？怎么说放弃就放弃了！”佳佳往嘴里塞了片薯片，无奈地回答道：“最近我的工作又开始加班了，根本没时间去健身房，而且健身房人满为患，器材根本不够用啊！”

我继续道："那你可以在家锻炼啊！万事开头难，都已经开始了，就这么放弃了多可惜啊！"佳佳不假思索地告诉我："家里根本没有锻炼的条件，而且每天上完班我实在太累了，一点都不想动，像我这种易胖体质，还是别瞎折腾了吧。"

我对佳佳有些失望，心有不甘地问道："那你忘了你男朋友为什么舍你而去了吗？难道你就不想将来有一天站在他面前，让他眼前一亮又后悔不已吗？"

佳佳停顿了几秒，说："是我的谁也抢不走，能抢走的注定不是我的，老娘还会遇到更好的人。"我一时有些语塞，祝她好运后便匆匆挂断了视频。

这世间没有一口吃成的胖子，更没有喝凉水都胖的人。人最可怕的是自己给自己贴上了"易胖体质""失败者"的标签，从此便理所当然地做标签下的傀儡。督促这样的懒人减肥比叫醒一个装睡的人更难。

你胖，是因为你懒！你弱，是因为你懒得学习，贪图安逸！如果你真的想变瘦，想变强，此刻起，采取行动。

别忘了，当你踌躇不前，停下来休息的时候，比你更优秀的人还在奋力奔跑。

阿云是我最好的闺蜜，热爱美食，热爱生活，身高160厘米，体重曾经将近75千克。大学毕业后，我们都在沈阳工作生活，所以每隔一段时间我们都会小聚一次。前段时间我经常全国各地出差，所以一晃半年没有相见。

半年后小聚，她的变化着实让我惊掉了下巴。我在经常见面的地方等她，出现在我面前的阿云，简直变了个人，体态健美、面色红润，处处洋溢着自信。阿云在我面前转了个圈，让我猜猜她瘦了多少斤。

很难想象，短短半年时间，阿云从75千克减到了55千克左右，现在的她，身材说不上有多么纤细，但是却透着一种健康的美。

我们在人很多的店里挑选女生喜欢的饰品。我猛地回头，不断向远处搜寻，心想这丫头跑哪去了。突然间听到有人在我耳边半开玩笑地问：“你是在找我吗？”我被吓了一跳，原来她刚刚一直在我身边，只是在我的脑海里她还是那个胖胖的模样，所以寻找她还是会不自觉地搜寻胖子的身影。

逛完街，我本想去我们曾经最爱的那家烤肉店，可是阿云却给我推荐了一家素食餐厅，望着细嚼慢咽地吃着素食的阿云，我有些晃神，不禁问她这半年是受了什么刺激。阿云淡淡地回答："谈不上什么刺激，只是有些触动。年初本来我可以提升成经理，我为此付出了多少心血，你是知道的。"

没错，阿云是个对工作极其用心的人，她是某网站的业务员，别的业务员都是 5 点半就正常下班了，可是阿云每天晚上 8 点半才走。她每天利用这三个小时给老客户和意向客户做回访，并且准备好第二天的工作，搜索明天要联系和拜访的客户资料，整理洽谈的思路，然后一个人关灯锁门，坐最后一班公交车回家。

每到月底，销冠榜上总有阿云的照片。阿云凭借自身的努力，让所有人对这个充满韧劲的小胖妞刮目相看。就这样，日复一日，四年半过去了，公司的人来来走走，阿云却依然坚守。至于减肥的具体原因和过程，阿云继续慢慢向我倾诉。到了第四年，公司要从能力强的老员工里提拔经理，阿云和小美都是重点提拔的对象。经理评选、员工投票占一部分，领导层投票占一部分。员工中 80% 以上的人都选择了阿云，可是最后却是小美成功当选经理，理由竟然是因为接下来新任命的经理要代表公司去总部开会，这是公司的形象，所以领导们选择了外貌出众的小美。

这件事让阿云深刻意识到改变自己的迫切性，恰好阿云在网络上看到了一则芙蓉姐姐瘦身成功的新闻：芙蓉姐姐一改以往扭着 S 型、露着一身赘肉的形象，隐忍 6 年成了励志女王。

为了改变形象，芙蓉姐姐的减肥像她刚出现在人们视野中的疯狂。在腿上缠保鲜膜、快走、慢跑、节食，她全都尝试过了。瘦身并不等于损害健康，为了能够成功转型，芙蓉姐姐购买了大量舞蹈视频的光碟，研究出了一套新的塑身舞蹈。这种舞蹈一共十一小套，约 100 个动作，跳这种舞需要大量体力和超高的毅力。芙蓉姐姐咬牙坚持，每天练得汗流浃背。

经过一番努力，她从 67.5 千克减到了 49 千克。成功减肥的芙蓉姐姐在形象有了 180 度的大改观。此时，她已不再抓住网友的谩骂来证明自己存在，取而代之的是把握时代的风向标，变得知性和典雅。她完成了华丽的蜕变，同时也迎来了事业发展。

一家大型商场发现她的惊人变化后，以高额的出场费，盛情邀请她出席商业促销活动。后来，她受邀参加“首届全国农家乐生态旅游论坛”启动仪式，并担任中国农家乐协会形象大使。她受邀参与电影录制，出演话剧、出单曲，同时还担任了几档励志节目主持人，并成功举办了演唱会……

减肥成功、重新树立形象的芙蓉姐姐从被疯狂谩骂、嘲讽，摇身变成了“励志女王”！她励志的减肥故事不仅给自己带来了人生的转变，同时也为社会带来了正能量，鼓舞了更多的女孩，改变自己，向着阳光奔跑。

阿云便是其中一个，因为看了芙蓉姐姐的励志新闻，阿云下定决心，终有一天她也会以新的面貌华丽登场。

与佳佳的高调不同，阿云谁都没有告诉，当天就采取了实际行动。

阿云采用的是运动加饮食调整的减肥方法，从此戒掉了最爱吃的烤肉和奶油蛋糕。别人大吃大喝，觥筹交错，阿云清汤寡水地吃着水煮青菜。别人在家一躺，优哉悠哉地看着娱乐节目，阿云却在健身房里挥汗如雨。别人清晨呼呼地睡着懒觉，阿云却在晨曦中跑步。

这样努力的人，不瘦就奇怪了。

阿云神采飞扬地跟我讲：“起初，我很担心自己会坚持不下去，但是每天的清晨，园区格外的安静，让人身心愉悦。我一边跑一边欣赏着园区的风景，感觉整个世界都是我的。之前，早上总是匆匆忙忙，现在早起之后发现白天的时间变长了，我不必每天匆匆忙忙地赶车，也不必用一份路边摊来唤醒自己沉睡的身体，我有更充足的时间做我想做的事。真后悔我浪费了那么多个美好的清晨。”

惰性每个人都有。那些成功的人，只是不给自己偷懒的机会罢了。

阿云在健身房遇到了很多和她一样的人，让她知道在改变自己的路上并非孤军作战。

“太忙、没有时间”绝对不是不锻炼的理由，健身房里有创业处于起步阶段的人，有需要上班还得带孩子的人，有一天到晚需要开十个八个会议的人，比你忙的人太多了，但是他们依然坚持。

良好的身材，蕴藏着一个人的自律。长期管理自己的身体，带来的不只有好的身材，还有好的体能和健康。若你已经采取行动，并坚持下去，一切都会向着好的方向发展。

一个人，如果连自己的体重都控制不了，何以掌控自己的人生？

一个人如果可以战胜最大的诱惑，那么他在这个世界还有什么做不成的事？

多想这个世界有鬼存在

“你信这个世界有鬼吗？”小旭很认真地问我。我思忖片刻后，给了她肯定的回答。小旭望着远方，低声呢喃：“多希望能再抱抱他们。”

我知道小旭还没有接受父母离开的事实，原本要和父母团聚，却不料一辆大货车与父母所坐的轿车相撞。小旭的父母因抢救无效离开了人世。

人往往在重大变故面前，表现得异常平静。

刚接到这个消息，小旭冷静得让人有些担心。到医院确认后，小旭没有像电视剧里失去亲人的人一样声嘶力竭地嚎啕大哭，而是平静地看着他们，仿佛他们从来都没有离开一般。

她随后开始准备后事，接待来悼念的亲人朋友。我完全看不出小旭情绪的波动，我抱着小旭说：“难受就哭出来吧，有我陪着你呢。”小旭瞪着圆溜溜的眼睛，眼睛里布满血丝，轻轻地说：“我不相信，我不相信他们会离开我，我能感觉到他们还在我身边。”

直到看着父母的身体变成两盒骨灰，小旭才意识到，这回父母是真的离开了，从此再也听不到妈妈的唠叨，感受不到爸爸的挂念，再也吃不到他们做的饭菜，再也感受不到他们怀抱的温暖。小旭嘭地一下坐在地上，哇地哭起来，所有的悲伤、所有的痛苦、所有的压抑，随着眼泪倾泻而出。

小旭经常梦到父母微笑着张开怀抱等着她，醒来却发现空空的屋子里只有她一个人。那段日子是小旭最难熬的时光。我没事就会去找她，带她看搞笑的电影，坐刺激的过山车，吃她最喜欢的各类美食。

夜深人静的时候，小旭会抬头看天上的星星，她说最亮的、挨得最近的那两颗就是她爸妈。小旭把头靠在我的肩膀上，长叹一声，多希望这个世界有鬼存在啊，这样我们只是换了种方式再见，这样我们都不曾分开。

记得曾经看过一个电影，讲述的是主人公全家因为一场意外而丧生，只有小强存活下来，小强变成了孤儿，处处被欺负，感觉不到周围人的爱，倍感孤独。小强成年后谈了个女朋友，没多久女朋友就要跟他分手，伤心欲绝的小强觉得自己的人生糟糕透了，没有了活下去的欲望，就通过各种方法轻生。刚开始，他买了一瓶安眠药，打算一口吞下去，可是水瓶却怎么也打不开。他想投河自尽却被竹竿挂住，无论想什么办法，就是死不成。

后来，一位大师告诉小强，他的家人其实一直都陪在他的身边，只是他看不见。小强之前遇到的种种怪事，都是他的亲人在拼尽全力保护他。小强知道后欣喜若狂，为了让家人看到更好的自己，小强打消了轻生的念头，决定好好生活。

从此小强像变了个人一样，从之前那个沉默寡言、有些自闭的男孩，变得喜欢微笑，爱和别人交谈。

小强找了份打杂的工作，一天到晚勤勤恳恳，没人的时候，他就把今天的感受说出来，他知道他的家人一定听得到。

因为知道有亲人在陪伴自己，小强干劲十足，不久就成了管理打杂的小主管。一次，机缘巧合，小强无意间帮了老板的大忙，老板为了感谢他，又看他人品确实不错，经过考察给他升了职。后来参加一次聚会，小强对老板的女儿一见钟情。从此他的家人经常背地里帮他追求心上人，期间发生了很多令人啼笑皆非又十分感动的事。

后来的生活中，小强即使遇到了挫折，也丝毫不害怕，因为他要让最爱他的家人看到他勇敢坚强的一面。平时做饭，小强总是多做好几份，盛到碗里放到桌子上。这样，他就会感觉他是在和家人一起共进晚餐。小强从此不再孤单，生活里渐渐充满了阳光……

我把这个电影故事讲给小旭，小旭听得入了神。我拿起手机，放了一首《老神仙》：

滴滴答的停停走的，匆匆的人仿佛一瞬间，叽叽喳的忙忙乱的，一转眼来不及想念。当我正想亲吻你的时候，你说你要变神仙，我说别走得太远，你说还会再见……闭上眼就能看得见，放松，呼吸，即使遥远我也能看得见……

感人的歌词，仿佛就是专门唱给小旭的。

唱作人创作这首歌就是为了怀念自己的亲人。当时，他正在参加一档创作类节目，只有短短 24 小时的时间，他便创作出这样一首让人听了热泪盈眶的歌曲。

我清晰地记着，那天唱作人站在台上，仰头望着上空，一字一句唱给了他最爱的奶奶。当时我就在想，如果这个世界有鬼该多好！这样，他的奶奶就可以坐在他面前，静静地听着宝贝孙子对自己的思念，那该是多么幸福的场景。

唱作人凭借这首饱含思念和真情的歌曲，顺利进入决赛。那时，我才真切地感受到，原来这个世界有一种思念可以化作努力生活的行动，让自己的人生活得更加绚烂，让离我们远去的亲人感到欣慰。

小旭擦干了眼角的泪珠，微笑着对我说："我会振作起来，我会活出个样来给我最爱的爸妈看！"

第二天一大早，小旭便画着精致的淡妆走进了工作的地方，以饱满的姿态迎接新的一天。同事惊讶于小旭这么快就可以从伤痛中走出来，领导对小旭的归来表示热烈欢迎。

时光就这样匆匆而过，如今的小旭不仅事业稳步前进，还找到了如意的郎君，小日子过得有滋有味，对待公公婆婆像亲生父母一样，一家人和和美美，羡煞旁人。

对逝者的最大尊重，就是过好自己的生活，对还健在的亲人，能做的唯有珍惜和珍重。好好珍惜你们在一起的每一天，别等哪一天失去了后悔莫及，就像我的同事小龙。

过年本来应该是件很高兴的事，可是对小龙来说，却没有那么愉快。每次过完年从老家回来，他的心情都十分低落，那种懊悔始终萦绕在心头。

小龙出生在一个很小的城镇。小时候家里生活十分困难，父母没有什么工作，一家人生活拮据。他童年中唯一彩色的记忆，便是爷爷用少得可怜的积蓄给他增添的一点点光亮。

那个年代，小孩子很流行玩一种大兵式的小塑料玩具人。小龙虽然嘴上不说，可是那渴望的小眼神早已出卖了他。小朋友偶尔也会互相换玩手里的玩具，可是因为小龙什么玩具都没有，其他的小朋友都不愿意跟他玩。小龙只能眼巴巴地看着，委屈的泪水在眼里打转。不善言谈的爷爷将一切看在眼里，默默地把兜里仅有的五元钱交到小龙手里。

那时的小龙，根本不懂得这五元钱对爷爷来说意味着什么。

那是爷爷捡了好几个月的废旧纸箱、塑料瓶换来的，本打算用它去买些止痛药。可是在小龙的概念里，手里的钱等于好多好多玩具，等于他从此也有了可以一起玩耍的小伙伴，等于从此不再受孤立……于是小龙迫不及待地把钱换成了梦寐以求的玩具。

儿时的梦总是五彩斑斓，却又不堪一击。

阳光下的小龙拿着玩具爱不释手，爷爷紧紧跟随在他身后，让小龙慢点跑，当心摔倒了。可是就在这时，邻居却气冲冲地找到了小龙和爷爷，原来邻居家放在窗台的钱不见了，邻居平时没见小龙玩过玩具，怎么偏偏钱丢了，小龙就有钱买玩具了？邻居怀疑是小龙偷偷拿走了放在窗台上的钱。

小龙被冤枉得满脸通红，他刚想张嘴解释他没有拿别人的东西。这时，急忙赶来的母亲看到小龙手里的玩具，不分青红皂白对小龙就是一顿大骂，还抬手要揍小龙，他怎么能小小年纪就不学好呢？爷爷急忙制止，出面说明了情况。后来，邻居才知道，窗台上的钱是其他小孩拿去买糖了，这才证明小龙是无辜的。

因为家境贫寒，小龙从小就是个敏感又要强的孩子，心里受了委屈，就一个人躲在小黑屋里。到了晚饭时间，家里人怎么喊他，他都不出来，无奈，其他人只好不再理他。

爷爷一瘸一拐地走到小黑屋门前，哄着他说："都是爷爷不好，让你受委屈了，小龙乖，赶紧出来吃饭，今天有你最爱吃的炖土豆。"听了爷爷的劝说，小龙觉得自己越发委屈，冲着爷爷吼道："不用你管我！"

爷爷怔了一下，想继续说些什么，却始终没有张口，抹着泪一个人默默离开了。第二天，爷爷说有事匆匆离开了家，几天之后的一个晚上，熟睡的小龙被妈妈喊醒，妈妈哭着告诉他，爷爷去世了。

后来小龙才知道，爷爷为了让小龙和其他的孩子一样，就去更远的地方捡废纸和塑料瓶，突发脑梗，没抢救过来。

小龙看见爷爷静静躺在那里，就像睡着了，可惜，小龙再也见不到爷爷睡醒，再也等不到爷爷摸摸自己的头说："小龙乖……"从那以后，那个每天怕他在学校吃不饱饭、偷偷往他兜里放钱的爷爷；那个拎着小凳、领着他走遍大街小巷的爷爷；那个在他不喜欢读书时、陪他坐在教室里的爷爷；那个怕他在幼儿园受欺负、始终在墙外徘徊的爷爷，永远离开了。

一想到这些，他便泣不成声。他好恨自己，为什么跟疼爱自己的爷爷说的最后一句话竟然是：“不用你管我！”如果那天小龙从小屋里走出来，和爷爷乐呵呵地一起吃饭，也许爷爷就不会跑那么远，也不会有这样的结局。每次来到爷爷的墓前，他都很懊悔，无法原谅自己。

听着小龙诉说他和爷爷在一起的点滴，我不禁再次发出感叹：这个世界有鬼该多好!

小龙猛吸了口烟，情绪复杂地说：“如果爷爷的灵魂出现在我的面前，我想亲口跟他说声对不起。我还想告诉他，我现在很好，我可以给他买很多他喜欢喝的酒、喜欢抽的烟和过年喜欢放的鞭炮了，我可以兑现我小时候和他说过的大话了。还有，爷爷，我想你了！”

不管这个世界有没有鬼的存在，都不影响我们对逝去亲人的怀念。至亲虽已无法陪伴，但他们最大的愿望便是坚强的预见未来：
希望

你可以走出自己的一片艳阳天。

多想这个世界有鬼存在，这样人们便可以不再惧怕死亡，不再有痛苦的离别，愿这个世界的你不再孤单！

谁说不啃爹就买不起房

你靠父母买房了吗？

结婚本是件高兴的事，可是打算结婚的嘉欣却一点都看不出高兴的样子，她甚至有些怀疑，这个婚到底该不该结。

嘉欣不久前参加了表妹的婚礼，可是这次婚礼却让嘉欣很受刺激。表妹老公的父母给这对新婚夫妻买了 140 多平的房子，还花钱装修了，表妹从头到尾都没有操过心，舒舒服服地享受着整个结婚的过程。

作为姐姐，嘉欣为妹妹终于得到幸福感到开心，同时内心也有些失落，因为自己也快要结婚了，可是房子还没个着落。嘉欣和表妹一起长大，嘉欣一直是众多家长口中的“别人家的孩子”，学习成绩好，长得漂亮，聪明又懂事。

嘉欣的男友比较上进，但是家境不是很好，父母都是打工的，而且男友的父亲前几年沉迷赌博，把家里的钱都败没了，男友能顺利考上大学多亏了一直咬牙坚持的母亲。好在守得云开见月明，大学毕业后，男友签了份不错的工作，收入还算可观，他父亲也逐渐改掉了好赌的恶习。

但是仅凭这两年的收入，高额的房价还是令这对小情侣望而却步。嘉欣跟男友商量，让家里人先从别人那借点，可是男友却说父母实在无力偿还。嘉欣为这个事哭了好多次，她也想像表妹那样住上 140 多平、功能分区合理、光照充足的房子，她也想当甩手掌柜，尽情享受这个过程中的美好。每每想到这里，她就会倍加委屈。

作为嘉欣最好的闺蜜，经常被她红着眼睛问，这个婚到底该不该结？

我没有回答，结不结婚毕竟还要看两个人的感情。我从手机里找到了前几天刚看过的一幅漫画，分享给嘉欣。漫画上一位形容枯槁的老妇人艰难地行走，她骨瘦如柴，严重营养不良，她的肚子里还有一位将近 30 岁的女子，什么都没做，只是像刚出生的婴儿那般蜷缩在她的肚子里，汲取着她体内的养分。

你愿意做肚子里的那个人吗？你希望自己的父母如画中的老妇人那般吗？再换位思考一下，如果你是男方，家境确实不富裕，父母含辛茹苦把你养大，供你上学，如今早已两鬓斑白，行动迟缓，身体一天不如一天，你还忍心让他们为了你借一屁股外债，每天一睁眼就要偿还对他们而言如天文数字一样的债务吗？

别忘了，你有梦想的生活，可是他们也有啊！他们上半辈子给你生命，难道下半辈子还要把命都给你吗？你的爸妈需要养老，那你爱人的爸妈就不需要了吗？

我们不能因为父母的伟大就心安理得地自认渺小。

你那么年轻，有手有脚，能力不错，为何非得那么着急就享受安逸的生活？即使现在买不起那么大的房子，也可以根据自己的条件买个小点的。梦想总归要一步步去实现，你还没努力，就想着伸手要别人的。要记住，你要来的终究不是你的，花着自己一分分挣来的钱，日子才会过得舒坦。

“结婚与房子”并不是“咖啡和水”的关系，更应该是“咖啡与方糖”的融合，有了它会更甜，更易于接受；若是没有它，照样可以品出咖啡的香郁。

如果你觉得你们的感情在“房子、车子、存款”这些物质面前不堪一击，那么这段感情也就没有继续的必要了。如果你更看重的是那个情趣相投、彼此相爱的人，那么更没必要自寻烦恼。

后来，嘉欣和她的男友领证了，两个人用这两年攒下的积蓄在开发区买了套房子。虽然离市中心有一段距离，但是有地铁却也方便了许多。50 多平，一室一厅，屋子不大，却充满阳光，当然也充满了爱。

婚后的嘉欣完全一副嫁给爱情的样子，总在我面前显摆，跟我讲述她的爱情哲理：“真正爱你的人不是他有 100 万给你 10 万，而是他只有 100 块，却愿意把所有都给你。”希望全天下的女人都可以嫁给爱情，活出最美丽的自己。

嘉欣后来跟我说，当初，公公婆婆差点把家里的房子卖了，给嘉欣当作买房的首付款。嘉欣没有同意，如今，她很庆幸自己的决定，没有因为自己的任性让老人无家可归，没有搞得家里乌烟瘴气、鸡犬不宁。如果真的那样，即使自己和老公住进了梦想的大房子，纵然室内再宽敞明亮，她的心也会阴郁与不安。

富有和经验一样是要靠持续积累的，一个只知道伸手要钱的人，注定无法从根本上变得富有。你想要的生活只有通过奋斗才能实现。

听说竹竹在北京买房了，我着实惊掉了下巴。那可是北京啊，曾经感叹这辈子连个厕所都买不起的地方，竹竹却在那扎了根，并把家人都接到了身边。

竹竹家里的条件也并不算太好，为了供女儿上学，竹竹的父母日子过得紧紧巴巴，偶尔还得去打打零工，让生活宽裕些。不过她也没有傍大款。毕业五年，她用自己的积蓄付了首付。

听说这个消息，竹竹的形象在我心中顿时高大了许多。同样是毕业五年，当其他人还在简单重复地做着单调的基础工作时，竹竹已经成为一家地产公司销售部的副经理。

竹竹是我的大学同学，同时也是我北漂时的室友，我们有着深厚的革命友谊。我们一起住过终日不见光的地下室，也住过丝毫不隔音的隔断屋，一起亲耳见证了隔壁情侣从吵架到恩爱的过程，共同对付过没事找事、超级难缠的房东。

那时，我在一家媒体网站做编辑，每天下班回到小窝仍旧不停地写写写；竹竹在一家地产公司做销售，整天吧啦吧啦给不同的人介绍房子的优点。我们给深夜加班的彼此加油打气，我们为人生的第一桶金而庆祝。

那时，竹竹就曾对我说，她每天给别人介绍房子，都幻想自己就住在那个小区中，每天推开窗是明媚的阳光，出门有便利的交通，附近有齐全的配套设施，身边有相伴的爱人……听着竹竹的描述，感觉那画面美极了，那时的我也曾发誓：要努力赚钱，也买一套隔音效果超好的大房子，和竹竹做一辈子的邻居。

经过不断摸索，竹竹总结了一套独到的讲解方法，听了她介绍的顾客都觉得一个冷冰冰的房子变得十分温暖而又有画面感，让人顿时有了对家的渴望。加上房子本身在地段和配套设施上有明显优势，竹竹的客户成交量节节攀升，随之而来的是收入的大幅度提高。

每天下班后，我依然在家敲键盘，做勤勤恳恳的“键盘侠”，而竹竹每次回到家都筋疲力尽，嗓子都是哑的，因为太累，也不再和我交谈，匆匆洗漱后，便一头栽在床上。第二天，只见她又像打了鸡血一般，斗志昂扬地出发了。

后来，我因为不堪承受大城市的生活压力，选择了离开北京，回到老家安营扎寨，而竹竹却依然坚守。竹竹很希望我能留下，和她一起为梦想的生活而奋斗，那时的我像极了泄了气的皮球，怎样拍打都回弹不起来。

后来，我们的生活就像两条平行线，我们在各自的轨道上行驶前进，直到毕业后第五年，竹竹告诉我她在北京买了房，父母都被她接过去了，我以后再去北京时也有落脚的地方了。

我不知道这五年竹竹经历了多少艰辛才晋升为销售部副经理，才有了足够的能力和资金，但我知道电话那头的竹竹此刻一定非常满足和幸福。电话那头，竹竹的妈妈喊竹竹吃晚饭，竹竹和我道别后便匆匆挂了电话。

每天早晨推开窗，有明媚的阳光，有最爱的家人相伴……曾经描绘的那幅画面如今就在竹竹眼前。那一刻，我在想，如果当初我留在了北京和竹竹一起奋斗，此时的我会不会成为竹竹的邻居呢？

后来，我问竹竹："北京的房价那么高，你会不会压力很大啊？"

竹竹分享说："买房后心态确实会发生改变，为了不让自己的基本生活受到影响，会有一种更加想奋斗赚钱的心情。"

在竹竹看来，房贷既是生活压力，也是生活动力。当你背着房贷有经济压力的时候，你会有更大的动力去挣钱，同时投资理财的观念也会增强，把钱用在需要的地方。

多么励志的一个姑娘，一个没有背景、没有父母资助的女孩，不但通过自己的努力在北京买了房，而且让父母过上了高品质的生活，并且改变了下一代的生活环境和学习环境。

原来努力奋斗可以带来这么多好的改变。

买房就一定要啃老吗？如果你的父母拥有足够的经济实力，早就为你铺平了路，那我也不坚决反对，因为每个人的家庭条件不同。但是大多数人并非豪门子弟，父母辛苦抚养你成人，把全部的爱都给你，他们已到了该养老的年纪，你又怎么忍心让他们继续劳心劳力？

此时的你也许还会说，买房只靠自己，生活压力实在太大，现在处处都需要钱，没有父母的资助会寸步难行。

人活在这个世上，哪天没有压力？各行各业，哪个人不是压力重重？

舒适和安逸是留给生命即将终结的人的！

人都是有惰性的，若我们过分依赖我们的父母，而不是凭自己的努力去获得，那我们和动物园里等待被饲养员投喂食物的动物有什么区别？有一天，我们面对更加险恶的环境，只会因为平时过分依赖父母而丧生！

现在的你只会向你的父母索取，那么将来有一天，你的孩子向你索取时，你拿什么给他们？继续向你的父母索取，然后给孩子？然后子孙后代继续永无止境地向上一辈，甚至上几辈人索取？

如果你不希望将来你的孩子身处和你一样的境地，不仅要承受生活和工作各方面的压力，还要照顾帮不上忙却平添麻烦的你，那么就从此刻起，做个像竹竹那样的年轻人，努力练就赚钱的能力，即使将来不能让自己的孩子成为“富二代”，但也不至于成为“负二代”！

只要有光，就会有希望

你身边有没有这样一种人？即使生活中的鸡毛散落了一地，他还能整天蹦跶折腾，乐此不疲。

我印象中的华子是个永远不知疲倦的阳光男孩。谁能想到曾经的他和病魔有过近两年的抗争，因为怀着一定要活下去的希望，硬生生把死神给打败了。

那时，我们刚上大学没多久，一帮哥们儿在一起谈天说地，天南海北地侃大山。华子是我们圈里最活跃的一个，有他在就有听不完的笑话，唠不完的故事。华子经常跟我们说他的女神芳芳，那是我们学校的校花，不但人长得漂亮，还多才多艺。我们总是调侃他，“笑话”爱上了“校花”，这是本年度最搞笑的笑话。

大一下学期，我们的圈子变得异常平静，我们的身边没了华子的身影。听说华子生了很重很重的病，华子家原本就不富裕，家里就他一根独苗，这对他的父母来说，绝对是致命的打击。

听了华子生病的消息，我们都吓坏了，纷纷带头召集全校师生给华子捐款。为了让华子有继续活下去的希望，我们整个宿舍的人都出动去找华子的女神芳芳，希望芳芳能去看看华子。于是我们一起带着华子最爱的芳芳来到了医院。

几个月没见，那个曾经活蹦乱跳的华子瘦了好几圈，身上插着各种各样的管子。命运真是无常，几个月前我们还一起侃大山，而今华子却一个人走到了鬼门关。华子一眼就看到了芳芳，拖着虚弱的身体费了好大劲才挤出微笑的表情。芳芳走上前，对华子轻轻说道："赶快好起来，到时我们一起去看樱花。"

这淡淡的一句话，让华子原本黯淡无光的眼神顿时变得明亮起来，就好像有一束光，照亮了华子的整个世界。爱情的力量真是伟大，它可以让原本意志消沉的人有了前行的力量。

后来，我们每隔一段时间就会去看华子，每次去都能看到芳芳在他的身边嘘寒问暖。看到这样温柔的芳芳和满眼冒着桃心的华子，我觉得华子虽然命不太好，但是眼光真的不赖！

这段时间，每当撑不住，华子就会想起泪眼婆娑、将来无人照料的父母，会想到等他一起去看樱花的芳芳，再痛他也咬牙坚持。

后来，我们真的见证了奇迹：华子经过将近两年的治疗，癌细胞竟然奇迹般地消失了。以往发生在电影里的情节，真真切切地发生在我们的生活中。主治大夫透露，华子特别配合治疗，一有空就锻炼身体，没事时还会给前来打针的医生讲笑话。这样乐观而对生有着迫切渴望的人，能康复既在意料之外，也在情理之中。

那时，我们已经步入了大三，而华子因为这两年的治疗让家里欠了很多的债，他想早点工作赚钱还债，便没有返回校园。为了时时能见到芳芳，他在学校附近摆摊，专卖女孩喜欢的小饰品、小玩具。这些其实都是华子精心为芳芳选的，这些东西非常受女孩子的喜欢。每次听到芳芳微笑着说：“华子，你真棒！”华子就感觉整个人都要高兴得飞起来。

手里有了一部分资金，华子就在学校门口租了店面，卖起爱心便当，这其中当然也包含了他每天精心为芳芳准备的“爱心早、午、晚餐”。华子每天起早贪黑，岁月加上劳累，让那个曾经年轻帅气的小伙渐渐有了不符合年龄的成熟。我们都说华子变了，变得成熟坚强，是我们学习的榜样，但是又感觉他还是那个乐观的华子，一有空，他还是会给我们讲一些笑话。

我们毕业时，华子的生意越做越大，竟然开起了分店。家里的债务已经还清了，芳芳选择继续读研，华子依旧陪在她的身边。

我曾经问过芳芳：“你爱华子吗？”她很坦白，当初去看望华子是因为想给他活下去的希望，如果她的看望能给华子生存下去的信心，那她很愿意做这样的事情，后来见华子的精神状态真的有好转，一有空就会来陪陪他。

经过那段时间的相处，芳芳看到了华子病情一步步好转，生活一天天变好，她由衷地替他高兴，但是谈到爱，觉得还没有到那个程度。芳芳也对华子表达过她的想法，希望华子不要等她。

可华子的倔劲上来了，谁也拦不住，华子经常说：“我连死都经历过了，还怕什么？ 只要芳芳还没有明确拒绝我，就证明我还有希望。”

后来，芳芳恋爱了，但不是和华子，是和她的一位研究生学长。华子闷声不语，继续每天给她送爱心便当。后来，芳芳分手，又谈了段恋爱，对象依然不是华子。我们都劝华子，也许你们两个真的不合适，你们注定是两个世界的人。她虽然给了你活下去的希望，但是却不是那个会陪伴你一生的人。

华子还是一如既往地给芳芳送着早餐，心里想着：“不管今后能不能在一起，就当是还她当初照顾我的恩情。”

后来的后来，华子结婚了，新娘就是芳芳！我们都到现场参加了他的婚礼，当司仪在现场问“无论生老病死，无论贫穷富贵，是否愿意始终陪伴对方”时，两个人相拥一起喜极而泣。华子站在台上，对着他钟爱的女神芳芳深情地表达着爱意：“曾经你用两年给我希望，今后我用一辈子来爱你、宠你！”

人生的跌宕起伏，华子在前三十年早早地经历，承受着别人可能一辈子都不会承受的磨难和艰辛。

无论生活怎样和你开玩笑，你都报着大大的笑脸回敬它。坚持下去，你就会看见光，坚持下去，就一定会有希望。

我的一个朋友小强出生在一个煤矿小镇。镇子上除了煤矿没有其他产业，再加上他的父母没有文化，不能有一份稳定的好工作，所以小强小时候，家庭没有稳定的收入来源，生活条件十分艰辛。

大概在小强七岁的时候，因为小孩特有的顽皮天性，一次小强和小朋友一起玩，眼睛不小心被家里外墙的铁蒺藜（东北特有的一种防贼装置）刮破，高昂的手术不仅花费掉了家里所有的积蓄，还让小强家欠了很多外债。

祸不单行，面对生活的重重压力，小强的父亲一蹶不振，连好不容易找到的工作都不要了，每天用酒精麻醉自己，酒精在他的体内一点点堆积，导致他的身体一天不如一天。全家的所有重担都压在他母亲的身上。

在小强童年的记忆里，每天他看到的都是母亲操劳的背影，父亲不争气的表现，亲朋邻居嘲笑的眼神。小强有些自责，因为他知道，这一切都是自己受伤所造成的。

那个时候的小强正在校园里读书，虽然学费只有几百元，但对小强这样的家庭来说是很大的负担。小强不止一次地想离开校园，终于在初二，一次收学费时，他下定决心，离开校园，走向社会去打工，这样不仅可以减轻家里的负担，还能补贴家用。

他丢掉书包，把这个决定告诉母亲。平时坚强的母亲却哭得那么伤心，母亲告诉小强，家里虽然穷，但是她一定让他接受好的教育，以便将来好有能力改变自己的命运，不会被人瞧不起。小强是全家人的希望，如果连这唯一的希望都没了，他妈妈也就没有继续坚持下去的勇气了。

小强这才明白，原来他就是妈妈的希望，是妈妈辛苦生活中的那道光亮，因为他的存在，他的母亲才任劳任怨地工作下去，她就是盼着有一天，他能够长大成才，出人头地，给自己、也给这个家带来荣耀。

希望不灭，信念不悔，人生就会有无限的可能。

后来，小强回到了学校，从此铆足劲学习。好在苍天不负有心人，初三的时候，小强的学习成绩直线上升，他终于考上了县里最好的高中。此时，他正朝着母亲的梦想一步步靠近。好事成双，他的父亲突然醒悟，不仅戒了酒，还找了份工作，日子一天天向好的方向发展。

当生活跌倒谷底，不要放弃，这恰恰是你迈向成功的绝佳时机！

因为小时候吃过很多的苦，小强比同龄的孩子早熟。上大学时，小强就对自己的人生有了明确的规划，奖学金一定要拿到手，有时间就去做兼职，毕业后找一份金融方面的工作，凭借自己的努力逐步改变现有的经济情况。小强一步步按照规划稳步前行。

多年后小强和父亲聊天，他才知道父亲为什么突然戒掉喝了那么多年的酒，改掉曾经那么多人劝却怎么也改不掉的毛病。父亲表示，他对自己年轻时自甘堕落的行为非常后悔。他承认，因为儿子受伤的打击，再加上经济上的重担，他感觉人生没有了希望，才会让酒精麻痹自己，暂时逃离艰难的处境。可是当他看到自己的爱人能在生活那么困难的时候坚持下来，自己的儿子能在条件那么差的情况下努力学习，并且取得了不错的成绩，他没有理由不去调整自己，他要和家人一起渡过难关。家人的不放弃给父亲的生活重新带来了曙光，让他看见了未来的希望。

我想此时此刻，小强的母亲是最值得骄傲的，是她在黑暗之中咬紧牙关摸索着前行，让一个支离破碎的家重新充满爱，充满阳光。母亲的坚强让无心学习的小强重新燃起斗志，母子的坚持换来了父亲的洗心革面，重新做人。

生活中很多时候就是这样，哪怕是微弱的一点光，也能带来希望。放弃光芒，也就放弃了希望。坚持一下！黎明前的黑暗也许特别难熬，但是下一刻的曙光定会特别耀眼！

只要有光，就有希望！如果没有，那就主动拉开窗帘，让阳光洒满每一个角落，让希望的种子遍地开花……

颜值不够，勤奋来凑

为什么有的人颜值明明不高，看起来却格外耀眼？姗姗就是这样一个女孩，她的眼睛有些小，单眼皮，塌塌的鼻梁，155 厘米的个头。论颜值，在茫茫人海中很难找到她的身影，但是接触过她的人没有觉得她长得丑，相反，很多人都觉得她有一种独特的魅力，有种自内而外散发的气质。

颜值的高低是先天决定的，而魅力和气质源自于后天的培养。

姗姗小时候因为长相不够出众也有诸多困扰。学校文艺会演编排合唱，姗姗激动地告诉妈妈，她登台表演了，希望妈妈可以在台上看见她的身影。谁知到了登台表演那天，唱得很棒的姗姗被安排在最后排，最不显眼的地方，相反，老师却把长得漂亮而唱歌有点跑调的女孩放在前排最中间的位置。

妈妈满怀期待地从头看到尾，只听到了姗姗的声音，却没看见姗姗的人。表演完毕，姗姗失落地奔到妈妈怀里，眼泪哗哗地往下流。

还有一次，舞蹈课老师要挑选出一位小朋友当领舞，姗姗噌地一下举起手。因为上次妈妈没有在舞台上看到她，所以她特别希望这次能让妈妈看见舞台中央闪闪发光的自己。

她把手举得老高，满怀期待地望着老师，与此同时，还有一位女孩也举起了手。没错，就是上次那个唱歌有点跑调却因为长得好看而被安排在前排中央位置的女孩。老师让姗姗和那个女孩都表演一段舞蹈，最后决定让两个人轮流当领舞。

姗姗兴奋地告诉妈妈自己当领舞了，为了在舞台上展现最美的自己，姗姗练得脚趾都流出了血，雪白的舞蹈鞋鞋尖一圈圈被染红。可是直到最后，姗姗都没能领舞，说好的轮流，却一直没有轮到过姗姗。原来是老师怕伤了姗姗的自尊心，所以才提议由她们轮流当领舞，可是要说整体形象和美感度，姗姗都不是很合适当领舞。

姗姗又一次受伤了，她也曾埋怨命运的不公，为什么我不够漂亮？为什么闪闪发光的不是我？好在妈妈在姗姗最为迷茫和自卑的时候，为她精心挑选了很多书籍。

姗姗常常把自己淹没在茫茫书海，就好像一只饥饿的书虫，不断汲取着养分。随着阅读量逐渐增加，姗姗发现原来世界如此之大，还有很多人和她一样，没有美丽的外表却渴望着闪闪发光。姗姗逐渐明白，原来世界上的美有很多种，人也许无法决定自己的容貌，但是可以从内心改变自己，让自己变得与众不同。

从那以后，姗姗坚信，通过努力，终有一天可以破茧成蝶。于是姗姗把所有精力都放在学习上，一张张奖状是她唯一可以获得自信的东西。她知道，外貌不够出众的人，要想获得和别人一样的机会，就一定要比别人多付出百倍的努力。

有一句话说得好："上天为你关上了一扇门，就会为你开启一扇窗。如果没有，那就自己拼命砸开，你想要的光亮迟早会到来。"

大学时，别的女生在一起谈论的都是什么品牌的化妆品遮瑕能力最好，哪个班的男生最帅，小 A 对小 B 有意思，小 C 可能是个同性恋……而姗姗没课时就去泡图书馆。有一次，姗姗翻开一本《路遥文集》，了解到路遥上学时就读遍了学校图书馆里的书，正因为如此，路遥拥有了丰富的知识储备量和远见卓识，才写出了《平凡的世界》《人生》等那么戳动人心的书籍。姗姗从此把路遥当成自己的偶像，图书馆的一个角落变成了姗姗专属的位置。

望着别人成群结队逛街、相约好一起逃课，那种放纵欢乐的情景，姗姗很是羡慕，但每次想到小时候因为容貌而经历的那些事情，姗姗便会把心收回来，自嘲道："既然颜值不够，那就勤奋来凑吧！"

人生中往往在关键时刻有两条路需要选择：一条是繁花似锦，人多又热闹，充满无限诱惑的大众之路；另一条是只有少部分人才会选择的卓越之路，这条路注定是孤独的。

姗姗在人生中最该充实自己的时间一刻都没有懈怠，她就像一辆汽车在不断向前行驶的同时，随时随地给自己加满油。当其他汽车因为太久没有上路而零件生锈，或者油箱干涸时，姗姗却可以一路驰骋，跑遍整个山野。

在这个处处看脸的时代，神奇的化妆技术或许能让一些女生的面容更漂亮，但气质却是无论多少化妆品都装扮不来的。生活中你总能看到有些人浓妆艳抹，她们的脸蛋漂亮是漂亮，但是总感觉有些艳俗，而有些人的美自内而外，无须简单修饰，便可熠熠生辉。现在的姗姗明显属于后者，她睿智博学，遇事淡定从容，有时感觉她连走路都带风。

每次汇报工作，其他人只是单纯介绍近期做了什么，姗姗每次都能引经据典，将思维发散，提出很多有建设性的建议和创意。很多人都觉得她的脑袋是个百宝箱，里面什么都有，像变魔术一般，随时都能给人惊喜。

姗姗小时候最自卑的事情莫过于因为不够漂亮而错失很多机会，而今的姗姗面对同样的场景，却得到机会的垂青。

姗姗所在的集团规模不断扩大，需要拍个企业宣传片，主要以一个人物为主线，反映整个公司员工的精神面貌和公司的实力。在选角问题上，集团高层分成了两派：一派认为应该用长相标志的阿美，因为这毕竟代表了集团的形象；一派则认为应该用“腹有诗书气自华”的姗姗，因为这样优秀的人才是公司的未来，更能彰显不断拼搏的力量。

这一次，姗姗已经不再是那个自卑的懵懂女孩，经过时光的打磨和知识阅历的增加，姗姗凭借从容和优雅，还有那份独有的韧劲，最终参演了集团宣传片。我不禁为姗姗拍手叫好，她的美终于可以在更高层次表现出来。

我们生活在信息快速更新、飞速发展的时代，很多人都通过第一印象来了解别人。不可否认，良好的外貌可以带来很多优势，但这并不代表，长相一般的人就没有成功的机会。

马云算丑的吧？但是这样一位貌不出众的、身材矮小的男人，却一手创造了他的商业帝国。起初，他只是一位普通的老师，正因为有不甘平凡的心，并为之付出常人难以想象的努力，抓住时机，放手一搏，才有了今天的阿里巴巴。

颜值不够的人同样可以通过勤奋来获得成功。这个道理在最看重颜值的娱乐圈同样适用。说到娱乐圈里最有个性、最有魅力、最成功的当属影帝黄渤。他演的每一个小角色都入木三分。

当初拍《斗牛》，黄渤主动提前几个月就到村里体验生活，一大早就穿上角色的衣服蹲在村口，每天不断琢磨守承诺的农民“牛二”的心理变化，在这段时间，黄渤不仅适应了角色，还研究出一套独特的养牛方法。

最后，黄渤把小人物“牛二”对牛的情感变化表现得十分细腻、生动，为影片注入了灵魂。我当时观看影片就感觉黄渤就是牛二，牛二就是黄渤，根本没有“演”的感觉，我想这才是对演技的最高肯定吧。

黄渤饰演的很多角色都是小人物，但是小人物身上的那股劲儿却让我们深深感动。或许，生活中的我们都是小人物，不够高，不够帅，不够完美，却始终卖力地生长。

黄渤之所以能够成功，受尽万千宠爱，并不是因为他的外表，而是因为他付出的努力转换成了人人看得到的才能，当然还有得体的谈吐。

黄渤当过酒吧驻唱歌手，多年的磨炼成就了他极好的现场掌控力和反应能力。每次面对刁难，他总能不失原则而又巧妙还击，面对媒体的问题，他总能以轻松幽默的方式机智应对，说出的话总是让人感觉很舒服。他生活阅历丰富，却不油头滑脑。他成为高情商的代表，很多人都希望嫁给黄渤这样幽默、踏实、情商又高的人。

也许作为女生的你会想，我长得又不漂亮，怎么能嫁给那么优秀的男人？不必担心，黄渤的妻子也并非花容月貌。我曾经看过一篇报道，黄渤的妻子和黄渤可是很有夫妻相的，黄渤的妻子能够嫁给这么优秀的人，我想不仅仅是因为和黄渤有夫妻相吧，她一定有一种内在的魅力，让黄渤即使功成名就，依然不离不弃、相敬如宾。

永远不要小看后天努力的作用，即使没有外貌优势，也别放弃尝试。长得不漂亮，并不影响我们活得漂亮！

前几天看了一档真人秀节目。节目原有成员是三位很有代表性的男士，他们一起过着田园生活。每期节目都会请来几位嘉宾。恰好我看的那期请来了两位反差极大的女艺人，A是宅男心中的女神，一出场就自带美颜特效，引发连连尖叫。B是一位自带搞笑氛围的女孩，没有天使的面孔，也没有魔鬼的身材。显然A更受几位男士的欢迎。

到了该吃饭的时候，大家开始操练起来，准备做饭。所有食材都需要自己准备，几位大男人有些手忙脚乱，B二话不说，撸起袖子就开始干。准备晚饭食材、洗菜、择菜、生火，干起这些活简直手到擒来。

A 却十分不好意思地旁观，因为她不会做饭，只能在一旁和正在忙碌的人们聊聊天，给他们加油。聊天时，有人问 B，平时是不是经常干这些活，B 一边利落地做着手里的事，一边回答说：“小的时候要照顾弟弟，所以这些她从小干到大。”

那个时候，我突然有些心疼 B。同样是女艺人，有人可以什么都不做就能获得别人的好感，而她却要像个汉子一样卖力；别人可以打扮得漂漂亮亮，接受无数人的赞美，而她却要自带搞笑氛围，成为大家取乐的对象。经过短暂的相处，三位男士对 B 有了很大改观，由此引发了找老婆是找 A 那样的不食人间烟火的仙女，还是找B 这样的，虽然没有美丽外表，却勤劳能干、乐观豁达、忙里忙外的贴心人。最后，三位男士都毫不犹豫地选择 B。

谁说长得不够漂亮，就没有优秀的人爱慕？谁说相貌普通就一定比花容月貌差，艺人 B 不就是个明显的例子吗？容颜终究有衰老的一天，而你的气质、涵养和豁达的心态却会随着年龄不断提升。

长得不够漂亮也并非就等于弱者。很多人都会有一种受害者心理，感觉自己就是生活中的弱者，经常面对各种不公平，感觉自己没有背景，没有人脉，没有漂亮的外表，注定不能取得成功。这一切其实只是因为自己还不够强大。若有一天你可以静下心来像姗姗一样充实自己，沉淀自己；若你的行动多于抱怨，你会拥有更多的见识，内心也随之逐渐强大。你会发现之前遇到的任何问题都是转机和挑战，那些你无法面对的困难，如今都能巧妙化解。

中国还有句话：“人丑就要多读书。”读书确实能让一个人变美，可以改变一个人的气质，增加一个人的阅历，让你汲取先人的智慧，像智者一样前行。

就连令我们“始于颜值，陷于才华，忠于人品”的胡歌也曾说过：“颜值不够，思想来凑。”颜值的高低决定不了你的命运，努力的程度才是你实现完美逆袭的关键。

与其每一天浑浑噩噩地虚度，不如从此刻开始，一点一滴充实自己，在人生关键时刻来个漂亮的转身。颜值那么高的人毕竟都如此拼命努力，你还有什么理由不勤奋呢？

你离成功就缺了点儿自制力

自制力强的人和自制力差的人不同，他们过的是两种截然不同的人生。

年初时，你给自己制定目标了吗？要赚很多的钱，要成功减掉 5 千克，要升职加薪，要摆脱单身……

在实现目标的过程中，总有些人喜欢耍些小聪明，偷会儿懒、耍会儿滑。高谈阔论者居多，实际行动者少。一年到头，绝大多数人只能无奈感叹，规划又一次落空，只能寄希望于明年，但也总有这样一种人，凭借顽强的毅力，极强的自制力一步步走向成功。小涵就属于让人羡慕、敬佩的后者。

前不久，我在一篇文章里看到，很多白领都会选择后半夜睡觉，但是绝大多数人并非在加班，而是在玩手机，这不仅对身体有很糟糕的影响，同时也会严重影响第二天整个人的精神状态。我把这篇文章分享给我的同事。其中一位提议说：“我们建个早睡群，这样就可以相互监督。”周围的人立刻举双手赞成，小涵也在其中。

刚建群的第一天，大家在群里信誓旦旦，从此以后一定要养成早睡早起的习惯，住得特别近的人还约好第二天一起跑步，大家七嘴八舌地说着，都特别期待在第二天看到精神饱满的自己。临近晚上 10 点，我们在群里互道晚安，随即群里安静下来。

就这样连续过了四天，在第五天的时候，在互道晚安之后，群里终于有人按捺不住问了句：“都睡了吗？”群里还是异常安静，这个人随后在群里按人数发了个红包，群里 21 个人，有 10 多个秒抢，我也位列其中，还有几个是将近半夜 12 点抢的，安静的早睡群瞬间躁动起来。“原来大家都没睡啊！我还以为就我一个呢。”群里的人又开始七嘴八舌。本来，我还有些愧疚，已经说好了早睡，却还是在互道晚安之后拿起了手机，但看到大家都和我一样，内心的愧疚便消失不见了。

我认真看了下群，只有小涵一句话也没说，红包也没抢。

我猜这丫头也许忙着打游戏，顾不上抢红包了，或者她真的已经睡了。

第二天，看到大家早上又开始呵欠连天，嚼着从街边买的煎饼果子，只有小涵一个人精神特别足。我问小涵：“你最近几天真的到 10 点就睡了吗？”小涵诚恳地点着头。我有些惊讶，小涵可是我们这个圈子里公认的“夜猫子”啊，怎么反倒变成我们这里睡得最早的了？我问小涵是怎样做到的。

小涵回答说：“之前，我有晚睡的习惯，但一直没意识到这是个十分严重的问题，直到那天看到你分享的文章，才意识到事情的严重性。”

小涵首先找到了晚睡的根源，那就是手机，手机在身边，总想不自觉地拿起来刷一刷朋友圈，看会儿今日头条，玩会儿小游戏，一旦开始就像着了魔一样停不下来，明明已经到了不得不睡的时间，心里也一遍遍告诉自己赶紧去睡，而身体却还在不停地玩着手机。

大概是因为手机屏幕的分辨率和手机里的内容特别容易让人的大脑持续兴奋，一旦开始便停不下来，于是小涵在九点半以后便不再碰手机，把平时想看又看不进去的书拿起来，读上几十页，读着读着就有了睡意。因为睡得早，所以每天6点就会起床，刚好睡够8个小时。

早起的小涵可以利用这段时间做很多自己喜欢的事情：起床后给自己做一顿丰盛的早餐，然后给自己画个精致的妆，穿上精心搭配好的衣服。她感觉整个人都精神焕发。上班途中，她听着手机里的广播，感觉路途也不像往日那样遥远，连路上的陌生人都觉得比往日可爱，这一切都源于一个良好习惯的开始，一种生活状态的转变。我听了小涵的早睡经验，立刻对她肃然起敬。

后来，这个早睡群被同事改了名字，变成了购物网站的团购群，群里的话题不是哪家产品搞活动，就是最近某家新推个商品特别棒。大家早已经忘记了建立这个群的初衷，更忘了当初信誓旦旦的自己。只有小涵，一个身材瘦弱却骨子里有些倔强的女孩，一旦开始，即使有再多的诱惑，也阻挡不了她前进的脚步。

我看着这样的小涵，愧疚又涌上心头，在这样一个女孩面前我觉得自己无比渺小，于是便下定决心和她一样，重新开始早睡计划。起初的几天，习惯了后半夜睡觉的我真的是辗转难眠，我借鉴了小涵的经验，抽出了那本《时间简史》，读到十多页的时候，我渐渐有了睡意……

只要坚持一段时间，你就会发现曾经根本看不进去的书，一个多月就顺利攻破。就这样，日复一日，一本、两本……一年下来多读几十本书不成问题。

养成一个坏习惯很简单，但想要养成一个好习惯却需要很强的自制力，往往能控制住自己的人，更能掌握自己的命运。

如果你不喜欢现有的工作，想换个行业该怎么办？

潇洒地辞职，然后过着“喝西北风”的日子？或者骑驴找马，等待合适的时机果断跳槽？又或者先确定好一个感兴趣的领域，然后抓住一切机会提高自己这方面的技能，待自己羽翼丰满，再振翅高飞？来看看霏霏是怎样做的。

一次，我和霏霏参加培训会。会上一位讲师讲到：“要想拥有强大的自制力就靠坚持，成功的路并不拥挤，因为坚持的人不多。”这句话让霏霏很受触动，坚定了霏霏转行的决心，同时也增加了她转行的信心。

霏霏原本是个会计，整天与数字打交道。当初，她误打误撞报考了会计专业，毕业后由于考虑到找个对口的工作对自己的发展更加有利，便在一家企业做会计。可是霏霏的梦想是做一位作家，每天写写文章，把自己的想法转化成曼妙的文字，那种感觉妙不可言。她向往的是那种“不必朝九晚五，可以浪迹天涯”的生活状态。可是现在每天要面对的是令她头大的各种报表。倒不是说这个工作不好，只是这不是霏霏喜欢的生活方式。对于半路出家的霏霏来说，转行付出的要比常人更多。

每天下班后霏霏拒绝了一切好友的邀约，在家闷头阅读大量的文章，丰富自己的知识储备。周围的朋友曾一度怀疑霏霏是不是患上了自闭症，而霏霏没有作过多的解释，抓紧一切时间来接触她所喜欢的写作。

地铁上人流拥挤，霏霏却自顾自地捧着本书，沉浸在她的世界里，一脸幸福的模样，与周围那些人哀怨的眼神及不耐烦的表情形成鲜明对比。就算吃饭的时候，她都听有声书，书成了她最好的下饭菜。

有了一定知识储备和创作感觉的时候，霏霏每晚下班后，就坐在电脑前噼里啪啦地敲键盘，把自己对生活的感悟和往日的所见所闻、所感所想统统转换成带有感情和温度的文字，在指尖轻触键盘时，霏霏脑海中向往的生活仿佛跃然眼前。

霏霏不知道从哪儿弄到个名家写作群，兴冲冲地加入其中，向很多知名作家请教问题。我一看顿时傻了眼，很多知名公众号的作者、阅读量 100000 以上的大神都在其中。我问霏霏怎么搞到手的，霏霏只是得意地笑笑没有回答。看来只要用心，还真是没有什么做不成的事。

当万家灯火已经熄灭，夜深人静之时，霏霏便开始了她的创作之路。由于刚开始写还欠缺经验，投稿的平台给霏霏提了很多修改的意见，有的甚至还要求重新编写。霏霏只能在其他人早已进入梦乡的时刻，强打精神不停地构思、改写。有时下班后实在太累，她特别想倒头就睡，可是躺在床上，她脑海里还是创作的事，于是她来个鲤鱼打挺，继续奋战到黎明。

当你把精力投入在真正有意义的事情上时，你会觉得人生根本没有那么多时间可以浪费。霏霏便时常有这样一种感受。曾经的霏霏特别喜欢在下班后慢悠悠地逛超市，在各个商品区精心挑选，然后提着满满两大包东西往家走。如今在她看来，那简直是一件非常奢侈的事情。

霏霏时常在想，如果把之前那些荒废的时间都用在写作上，她应该早就过上向往中的生活了吧。这种感觉特别像马上就要经历一场重大考试，我们特别希望自己可以把之前浪费的时间转移到考试前的几天，这样自己就有更多的时间迎接挑战。可惜我们没有转移时间的能力，但是对时间来说，不虚度往往就是最好的利用！

梦想中的生活其实离你并不遥远，只要你不放弃，肯坚持！

霏霏每天不间断写将近 4 千字的文章，一个月 12 万字，一年下来 144 万字，这是什么样的概念？长篇古典巨著《红楼梦》经过电脑统计字数大约是 73.1 万字。单从字数上来看来，霏霏笔下产生的文字接近于 2 本《红楼梦》。

这样努力坚持的人，还有什么理由不成功？

霏霏在不断地坚持和磨炼中，终于找到了门道，文思如泉涌，从此便一发不可收拾。一年后的霏霏，成为某平台的签约作者，她写的很多文章被各大平台争相转载，阅读量噌噌往上涨，丰厚的稿酬也可以满足霏霏更好的生活需求。霏霏辞掉了朝九晚五的工作，开始四处旅行，浪迹天涯。

我经常收到霏霏从各地寄来的明信片，上面还附有她旅行的感受和对我的美好祝愿。由于见到的世界更加开阔，所以从她笔下产生的文字也更加绚烂多彩，让人读着读着，就随她一起开始了一场人生旅行。

曾经的同事都十分羡慕霏霏，世界那么大，霏霏终于可以到处翱翔。然而在羡慕过后，她们依旧机械地重复着昨天的工作，下班后继续以各种理由放纵自己：今天好友过生日要参加聚会，明天工作太累要回家看个娱乐节目放松心情，后天过节商场打折，这种时机怎能错过……

日子一天天过去，有的人的人生一天比一天精彩，她们的人生充满了更多的可能，而有些人却一天天沉沦，如同一具具行尸走肉一般，思想早已被掏空，被生活牵着鼻子漫无目的地走着。

你有怎样的选择，就会有怎样的行动，随之也就有怎样的人生！

自制力就像是我们人生旅途中的方向盘，行驶的路上你握着方向盘，需要高度集中精神，不敢有丝毫的懈怠。或许这个过程会比较累，但是它可以帮你越过山丘，穿过荆棘，最后顺利到达成功的彼岸。而没有握住方向盘的人，一开始并没有那么辛苦，相反，还可以优哉游哉地欣赏沿途的风景，但是前方出现悬崖峭壁时，你想转弯，才发现手里没有方向盘，你面对的是万丈深渊！

如果你也想拥有强大的自制力，想撑起人生的一片天空，该怎么办？

只有两个字：坚持！每天给自己的理想留出点时间，别动不动就想着走什么捷径，没有一步一个脚印获得的所谓“成功”，那只是海市蜃楼，很快就会化作泡影。

不妨观察下你周围的人，获得一定成就的往往是自制力极强的人，他们的生活被安排得井井有条，忙而有序，他们绝对不会因为路上飞出了两只蝴蝶，就忘记了自己钓鱼的目的。他们只会在钓完鱼后，顺带着抓回两只蝴蝶带回家。

你离成功，其实就缺了点儿自制力！